野いちご文庫

千尋くん、千尋くん

夏智。

STARTS
スターツ出版株式会社

……すっげー好きです。
これ内緒ですよ
…！いたの？
あっ えっ う、うん、今来たっ ……っ
じーっ
じーッ
…さっきの、聞いてただろ
…ごめん 聞いちゃった…
………… ………… はず…

ま、でも…
そういうことだから。
覚えておいて
最近、また悩みが増えて…
千尋くんが好きすぎて
困っています。

千尋くん、千尋くん

Chihiro Ujibashi

宇《う》治《じ》橋《ばし》千《ち》尋《ひろ》

高1。
クールなテキトー男子。
入学早々、カッコいいと先輩からもモテている。
言葉はイジワルだけど、実はあるみが大好き。
3兄弟の真ん中で、家族想いな一面も。

Arumi
Usaki

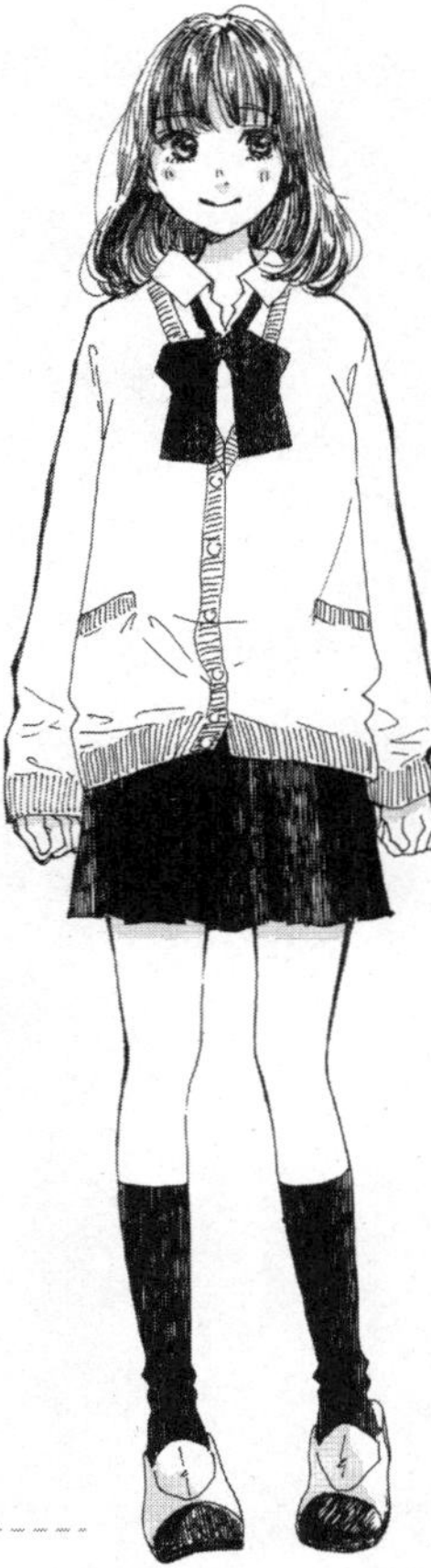

羽《う》咲《さき》あるみ

高1。
大好きな千尋くんから雑に扱われることが多く、たまに被害妄想が炸裂してしまう。
普段は冷たい千尋くんの、たまーに見せる優しさに、ドキドキしっぱなし。

千尋くん、千尋くん
夏智。
Chihiro-kun, Chihiro-kun.
authored by Nachi.

困ってること

先月、高校生になったあたし、羽咲《うさき》あるみには最近悩みがある。

「うわ、フグかと思った」

「……」

帰りのホームルームが終わり、生徒玄関《せいとげんかん》のすみでほっぺたをふくらませているあたしを見て、クラスメイトがからかうようにそう言い、通り過ぎていった。

その言葉にさらにムッと機嫌《きげん》の悪い顔つきになるが、今はそんなことどうでもいい。

あたしの視線の数メートル先にいるのは、三年生の女子三人組に囲まれているひとりの男子生徒。

すらりと伸《の》びた身長と、一見眠《ねむ》たそうな表情が印象的だが、よく見ると、とても端整《たんせい》でキレイな顔立ちをしている彼は、宇治橋千尋《うじばしちひろ》くん。

同い年の彼は、なにを隠《かく》そうあたしの自慢《じまん》の彼氏なのだが……。

「宇治橋くんほんとカッコいいよね、三年女子の間でもめっちゃ人気あるんだよ」

「はぁ……」

「モテるでしょ？」

「いやべつに……」

「部活とかやってるの？　予定ないなら、このあとうちらと遊びに行こうよ」

キャッキャッと楽しそうな先輩《せんぱい》たちの甘ったるい声が聞こえてくる。

なんてわかりやすいナンパなんだ……と、さらにふくらむあたしのほっぺ。

頬《ほお》を赤らめながら、頭ひとつほど背の高い彼を見あげては、腕《うで》をさわったり肩《かた》にふれてみたり……。

それとは対照的になんだかだるそうな彼は、ボディータッチにもなにひとつ動じずに、話を聞いてるんだか聞いていないんだかよくわからない表情。

あの顔、あたしがつまらない話をしている時にもよくしてるな……。

それでも、彼女でもない女の子たちにあんな風にベタベタとさわられるのは、こちらとしてもいい気がしないわけで。

「彼女とかいるの？」

「いますよ」

「えー、別れてうちらの誰かにしない？　わたしとかオススメ」

「ちょっと！　抜けがけしないでよ！」

キャハハ、と彼女がいる宣言《せんげん》を受けてもなお楽しそうなその雰囲気《ふんいき》に……あ、なんだか泣きそうかも。

ちょっとしたことですぐにスネてしまうあたしの悪いクセが出る。

ずっと怒りでふくらんでいたほっぺたがしゅんとしぼんで、口もとが〝へ〟の字に変わる。

千尋くんも千尋くんだ。

彼女がいるってもっとちゃんと言って、早くあんな場所から立ちさってしまえばいいのに。

もしかして、あたしと帰る約束したの忘れてる？

……あたしも、こそこそと様子をうかがったりしないで『お待たせ！』って言ってあの場から彼をかっさらえばいいのだろうけど。

相手は見た目も大人っぽくてキレイなお姉さま方×三人。

こんなちんちくりんで、ついこの間入学してきたばっかりの一年がそんなことする勇気なんて……。

ヤキモチと自分への情《なさ》けなさとで、心がすでにキャパオーバー。

数メートル先にいるあの集団が、心なしか楽しそうに見えて仕方ないのは、きっとあたしの心が歪《ゆが》んでいるからで。

このまま彼にバレないようにひとりで帰ってしまおうかな。なんて、こぼれおちそうな涙をぐっとこらえ、下駄箱《げたばこ》の陰《かげ》に隠れて出口へ向かおうとすれば……。

「俺、あいつ以外に興味《きょうみ》ないんでダメです」

不意《ふい》に聞こえた、そんなセリフ。

「きっとこういうとこ見ただけでも泣いちゃうから、あの泣き虫。不安にさせたくないので俺行きますね」

えー、とさっきよりワントーン下がった先輩たちの残念がる声がする。

「宇治橋くん、その彼女のことそんなに好きなの？」

その中のひとりが、上目遣《うわめづか》いで首をかしげながら、その場から立ちさろうとする千尋くんのセーターをギュッとつかむ。だけど。

「……すっげー好きです。これ内緒《ないしょ》ですよ」

フッといたずらっ子みたいにそう笑って、彼は先輩の手をそっと引きはがした。

千尋くんなんて置いてけぼりにして帰ってしまおうか、なんて考えてた数秒前の自分が恥《は》ずかしい。

こんなの……ずるいじゃんか……。

いつの間にかゆるんでしまっていた口もとを、慌《あわ》てて隠した。

「わ、いたの？」

「あっ、えっ、う、うん、今来たっ……」

先輩たちから逃げてきた千尋くんと、バッタリと鉢合《はち あ》わせる。

『内緒ですよ』なんて言ってたさっきのやりとりを見ていたことはバレないよう、いつもどおりを装《よそお》うのだが……。

「てか、なんでそっちから来たの？」

「えっ？　あ、えっと……今日はそういう気分だったっていうか」

「……なにそれ」

ごまかすの下手《へた》くそか、あたし！

教室から下駄箱へは、千尋くんと同じ方向から来るはずなのだけど……先に生徒玄関で待っていた私には、それは不可能だったわけで。

いつもとは逆方向から来たことを不審《ふしん》に思われている。

焦《あせ》るあたしを怪《あや》しそうに目を細めてじーっと見る彼から、慌てて目をそらす。

それより帰ろうか！なんて自分の下駄箱に手をかけようとするも。

「あるみ」

「わっ……」

伸ばした手をそのままぐいっと彼のほうに引かれて……あ、つかまった。

キレイな千尋くんの顔が、至近距離《しきんきょり》であたしをのぞきこむ。

「なんか目赤くない？」

「さっきかゆくてこすったの、花粉《かふん》かな……」

「てか、ニヤニヤしすぎ」

「こ、これはその……」

ああもう、ごまかしようがない……気を抜くと勝手にゆるんでしまう口もとは、彼に捕《とら》えられたままの手のせいで隠せなくて。

「……さっきの、聞いてただろ」

「う……」

その薄い唇《くちびる》を少しだけムッととがらせて、照れたようなバツの悪そうな顔の千尋くん。

な、なんだその顔……かわいい！　じゃなかった。

あーだこーだと言いわけを考えてみたけど……そんな顔で見つめられたらウソなんてつけなくて。

「聞いちゃった……」

観念《かんねん》したあたしは、正直にそう返す。

「うわ、恥ず……」

手の甲《こう》で少し赤い顔を隠してそう言う彼が、これまた愛しい。

恥ずかしくなんてないよ！　すっごくすっごくうれしかったよ！

なんて言ったら、きっと『うるさい』なんて怒られそうだから。

「へへ」と幸せいっぱいの顔でふにゃりと笑顔で答えれば。

「……まぁ、そういうことだから。覚えておいて」

そう言った千尋くんは、たまにだけ見せてくれるとびきり優しい笑顔で、ポンポンとあたしの頭をなでた。

いつもはクールでちょっぴり冷たい彼が、あたしにだけ見せる甘い瞬間。

「……ほんと、ずるいなぁ」

さて、そんなあたし羽咲あるみの最近の悩みは。

『彼氏の千尋くんがモテすぎて困っていること』はもちろんなのだが……。

それよりもっともっと『彼氏の千尋くんが好きすぎること』のほうが、重大事件なのである。

それじゃ足《た》りないよ

……あれ？　おかしいぞ。

日曜の朝、いつもは寝返《ねがえ》りをうてばそこには自分の部屋の景色が広がっているはずなのに。

寝ぼけ眼《まなこ》でぱちぱちと瞬《まばた》きをくり返した視線の先にあったのは、見覚えのある誰かの後頭部《こうとうぶ》。

目と鼻の先のその黒髪からはふわり、とあの人のシャンプーのいい匂《にお》いがして……。

そして、起きあがったところで気づく。

「千尋くん⁉」

あたしのベッドの上に、遠慮《えんりょ》もなく寝転がっている男の子。

大声でそう言うと、彼は気だるそうに目を開く。

「おはよう、あるみ」

「また勝手にあたしの部屋に入ってきたの⁉」

昨日の夜、あたしはたしかにひとりで寝ていたはず……。なのに、起きたら隣に千尋くんがいるなんて。

「勝手じゃないよ、あるみのお母さんにあげてもらった」

「なんですと……！」

お母さんめ……仮にも寝てる娘の部屋に、男の子を入れるなんて。

「で、でもっ、今日は遊ぶ約束してなかったじゃん……」

「約束しなきゃ、会いに来ちゃダメなの？　俺はあるみに会いたかっただけなのに？」

「はぅっ……そ、そうじゃなくて」

「じゃあ、帰ろうかな」

めったに見ることのない、千尋くんのしょげた顔。

だ、騙《だま》されちゃダメだ。

これは演技《えんぎ》なのだ。

だって、あの千尋くんがこんな顔をするわけないもん。

……とは、わかっているんだけど。

「い、意地悪《いじわる》言ってごめんね。あと……帰らないで」

負けてしまうあたし。

あれ、自分で言っておいてだけど、あたし意地悪なんて言ったっけ……。

「わかればいいんだよ、ったく。じゃあ、俺寝るから」

と言った千尋くんは、足もとの布団《ふとん》を引きよせると、そのまま壁側《かべがわ》を向いて寝てしまった。

あれ、あたしに会いたかったとか言ってなかった？

さっきの甘い言葉はどこへ？

こうなったら寝てる間に顔に落書《らくが》きしちゃうぞ。

あとでどうなるかは置いといて、衝動的《しょうどうてき》に机の上のマジックペンをつかんで、ベッドに近づく。

「ん……」

その時、壁側を向いていた千尋くんが寝返りをうって、こっちに顔が向いた。

ドキッ。

一気に近くなった千尋くんとの距離に、不覚にもドキドキしてしまう。

サラサラの黒髪に、その隙間《すきま》から時折見える右耳の青いピアス。

いたずらっ子のような、ひねくれたような顔つきだけど、その整った顔立ちは誰もが認めるほどカッコいい。

いつもは少しつりあがった印象の目が、今は閉じられていて、結構まつげが長いんだということを知る。

くそぅ……こんなカッコいい顔じゃ、落書きなんてできるわけないよ。

「落書きするんじゃないの？」

なんだか照れてしまい、うつむいていると、いつの間にか目を開けた千尋くんが口《こう》角《かく》を上げながらこちらを見ていた。

「うん……だけど、千尋くんのファンに怒られそうだからやめておく」

「ぷっ、なにそれ。俺にファンなんかいるの？」

「いるよ。だって、千尋くんカッコいいし」

「へぇ、俺も有名になったもんだな」

そうだよ。

まだ高校に入学して一ヶ月しかたってないのに、ひとりでどんどん有名になっちゃって。

う、自分勝手だけど、なんか怒りたくなってきた。

「でも俺は、あるみがいればなにもいらないよ」

「っ……」

さらりと、そんな恥ずかしいことを言っちゃう千尋くん。

やっぱり……今日は怒らないでおこう。

「なんか、腹《はら》減ったな」

「もうお昼だもんね」

十二時近くになって、ようやく目を覚ました侵入者《しんにゅうしゃ》……じゃなかった。

あらため、あたしの彼氏である千尋くん。

せっかくの日曜日の朝なのに、彼のせいでゆっくりすることができなかったあたしは、とりあえずパジャマから部屋着に着替えて宿題をやっていた。

そして、今に至《いた》る。

「お母さんはお昼前に出かけちゃったみたいだし、あたしなにか作ってくるよ」

料理は得意ではないが、苦手でもない。

人並みにはできるはずだ。

「ん。べつにてきとーでいいから」

いまだにベッドに寝転がったままの千尋くんは、近くに置いてあった自分のスマホを手に取ると、こちらへは視線も向けずにそう言った。

千尋くんとは、高校で出会った。

だから、付き合いはじめたのもつい最近。

記念日は……『記念日とかそういうの覚《おぼ》えるのめんどくさい。てきとーでいいじゃん』と千尋くんが言うので、事実上ないに等《ひと》しい。

それでも、部屋のカレンダーに付き合った日付をメモしているのは、千尋くんには内緒だ。

まぁ、こういう感じで、あたしの彼氏である千尋くんはめんどくさいことがきらいなのだ。

座右《ざゆう》の銘《めい》『てきとー』

目標『てきとー』

好きな熟語《じゅくご》『てきとー』

という、心からてきとーを愛する千尋くんである。

「遅い、てきとーでいいっつったじゃん」

「あと、パスタゆでるだけだから！　もうちょっと」

パスタのトマトソースができたところで、眉間にしわを寄せた千尋くんが二階からリビングへとやってきた。

キッチンにいるあたしの隣へ来て、手もとの鍋《なべ》をのぞきこむ。

「……千尋くん」

「ん？」

「重い、です」

なぜかあたしの頭の上にある千尋くんの腕。

完璧《かんぺき》にひじ置きにされている。

たしかに身長の差的に置きやすいのかもしれないけど、この状態で早く飯《めし》を作れと言われても、拷問《ごうもん》だ。

「千尋くん、身長何センチあるの？」

「んー、なんだったっけ。……一七〇から一八〇の間」

「アバウトすぎない？　じゃあ一七一と一七九じゃ、かなりの差が……」

「うるさい、じゃあ一七五センチで。よし解決、早く飯を作れ」

「ぅっ、い、痛い！　ぐりぐりしないでよ……っ」

あたしの頭の上に置いてあったひじで、そのままぐりぐりと嫌がらせをしてくる千尋くん。

うぅ、髪がボサボサだ。

あたしは千尋くんのおもちゃじゃないんだぞ……。

「千尋くん、お鍋にお塩入れてもらってもいい？」

パスタをゆではじめるところで、まだ隣に立っている彼にお手伝いをお願いしてみる。

「どのくらい入れんの？」

「え、適量《てきりょう》だよ」

そう言って千尋くんが持ったのは、計量スプーン山盛りのお塩。

「適量……」

「お、多すぎない？」

「気にすんな、ドーン」

「あぁ！　……入れちゃった」

めったに料理をしない、てきとーな千尋くんにお願いしたのがまちがいだった……。

まぁ、入れてしまったものは仕方ない……と苦笑いを浮かべる。

なんやかんや、千尋くんとバトルしながらもできあがった、トマトクリームパスタ。

盛りつけも完成して、リビングのテーブルにふたり並んで座る。

絶対、しょっぱい。

味見してないけど、あんなにお塩入れちゃったもん。

顔を青くしながらもフォークをつかむと。

「ん、うまい」

「え！」

隣の千尋くんが発した意外な言葉に、目を丸くする。

からかってるのかと思いきや、まんざらウソでもなさそうだ。

慌ててあたしもフォークにパスタを巻きつけて、口に運んでみる。

「あ……おいしい」

「うまいっつったじゃん」

たしかに、パスタはしょっぱいけどトマトクリームソースが甘めだったため、あまり気にならない。

とりあえず、まずくて千尋くんに怒られることはなくなって、ひと安心だ。

「なーんだ、おいしいおいしい」

「はいはい、クリームつけすぎ」

「うにゅっ！」

容赦《ようしゃ》なしに、ティッシュであたしの口をゴシゴシしてくる千尋くん。

く、口が取れる……っ！


時刻《じこく》は午後一時。

お昼ごはんの後片づけも終わって、部屋に戻ったあたしたちはとりあえずゴロゴロ。

千尋くんはベッドで、あたしは床で……。

「千尋くーん……」

「………」

ムシですか。

うん、扱《あつか》いが雑だよね。

彼氏だなんて言ってるけど、千尋くんは本当にあたしのこと好きなのかな……。

あれ、考えたらここ最近、千尋くんに「好き」って言われてなくない？

どうしよう、急に不安になってきた。

だって、あたしかわいくないし、背だって高くないし、気が利《き》かないし……。

あたしのことを好きになる要素が見当たらない。

しかも相手は、カッコいい千尋くん。あたしなんて千尋くんにとってケシカス同然。

うわぁ……どうしよう。

今まで考えたことなかったけど、とんでもない発見しちゃったよ……！

うぅ……泣きそう。

「いちおう、聞くけど……なんで泣いてんの？」

今まで黙っていた千尋くんが、不意にあたしを見て口を開く。

やめて、今声かけられたら……。

「ふぇーっ……」

涙が止まんないじゃんか……。

「はぁ……」

「ご、ごめんね……。今っ、泣きやむから……ため息つかないでよぉー……ぅーっ」

「アホ」

なっ……⁉

明らかに、コイツめんどくさいって顔でため息ついて、謝《あやま》ったらアホ扱い⁉

この人は悪魔ですか、大魔王ですか。

千尋くんの悪態《あくたい》にさらにダメージを受けながら、止まらない涙を服の袖《そで》でぬぐう。

自分でもめんどくさい女だとは思うけど、止まらないものは止まらないのだ。

「あるみ」

落ち着いた声色で名前を呼ばれて顔を上げる。

寝転がっていた千尋くんは、やれやれといった感じで上半身を起こして、あたしを手招《てまね》きしている。

「行っても……いい、の？」

おそるおそる聞くと、千尋くんの頭がコクリと縦《たて》に動いたので、ゆっくり近寄って隣に座る。

ギシッとベッドが静かに音をたてて、一気に千尋くんとの距離が近くなった。

そんな状況であたしは泣きながらもドキドキしてしまっているのに、隣の千尋くんは落ち着いた表情のまま。

うん、ごめんね。

あたしなんかじゃドキドキしないよね、う、なんかまた涙が……。

「どうしたわけ、またあるみの被害妄想《ひがいもうそう》が爆走《ばくそう》してるの？」

「うっ……ば、爆走はしてないけど」

否定《ひてい》はできない。

というか、『また』ってことは、あたしってしょっちゅうそういうことしてるイメージなのかな……。

「言ってみなよ、ちゃんと聞いてあげるからさ」

だけど、こんなあたしにも千尋くんはそう優しく話しかけてくれる。

いつもは冷たいくせに、こういう時だけ優しくしてくれるギャップが、これまたずるい。

わかった……あたし、こんな千尋くんが大好きなんだ。

冷たくされても、バカにされても、時々優しくても。

そんな千尋くんの全部が、大好きで大好きでしょうがない。

だから、だから、だから。

「千尋くん……」

「なに？　あるみ」

「大好きで、いてもいい？」

恥ずかしかったけど、顔を上げてそう言ったら、口角を上げた千尋くんがいた。

「俺の許可《きょか》がいるの？」

「えっ、ぁぅ……いちおう許可とったほうがいいかと」

「じゃあ、ダメ」

「そっ、そんな……」

「大好きじゃ足りないから」

「っ……」

その言葉はてきとーじゃないよね、千尋くん。

ジャージの優しさ

「あるみ、おはよ！」

「あ、ヒメちゃん！　おはようっ」

朝、学校に着くと、同じクラスのヒメちゃんが同じタイミングで登校してきた。

ヒメちゃんは中学の時からの友達で、ひと言で表すと……派手《はで》な子である。

女子の中では身長は高いほうで、スタイルもとてもいい。

しかし、いろいろと派手なのである。

金髪《きんぱつ》の腰《こし》まで伸びたロングヘアーに、耳や腕につけまくっている凶器《きょうき》ばりのアクセサリー。

ハーフっぽいブルーのカラコンに、目の周りを囲みまくってる、まっ黒のアイライン。

つけまつげはもはや、瞬きをするたびにバサバサと聞こえてきそうだ。

そんなちょっとひと昔前のギャルチックなヒメちゃんだけど、服装についての指導《しどう》が厳《きび》しくなる式典《しきてん》の日や、寝坊《ねぼう》して化粧《けしょう》をする時間がなかった朝などに見られるすっぴん姿は、実はめっちゃ清楚《せいそ》でかわいいのだ。

それはもう、化粧とは一生縁《えん》がないんじゃないかというほどに……。

なのに、なぜこういう格好をしてるのかは謎《なぞ》である。

でも、そんな派手な見た目でもとっても優しいし、すごくいい子なので、みんなからとても好かれている。

それがあたしの友達、ヒメちゃんなのだ。

「一緒に教室行こ、ヒメちゃっ……わっ！」

ローファーを脱いで下駄箱にしまったところで、ぽすっとうしろからなにかの襲《しゅう》撃《げき》を受ける。

「な、何事……って、千尋くん……！」

なんとなくわかってはいたけど、振り返るとそこに立っていたのは、相変わらず気だるそうな千尋くん。

さっき軽く小突《こづ》かれた大きな手のひらが、あたしの頭の上に乗っかったままである。

「千尋く……」

「まず、スカートが短い」

「……は、はい？」

「そして邪魔だ」

「あ、ごめんね……」

「ん」

そう言うと、下駄箱に靴をしまってさっさと教室へと行ってしまった千尋くん。

嵐《あらし》のように現れて、嵐のように去っていった彼に、あたしはボーッと立ちつくすしかなかった。

「あんたたち、本当に付き合ってる？」

「えーっと……あたしが聞きたい、です」

こんな感じで、学校での千尋くんのあたしの扱い方は、てきとーな上に雑だ。

「——えっ、体育？」

「昨日の帰りのホームルームで変更の連絡あったじゃん。どうせあるみのことだからボーッとして聞いてなかったんでしょ」

「はっ……そんな話してたような、してないような……」

二時間目が終わった休み時間。プチ事件が発生。

「どうしよ……」

次の授業、先生たちの都合で数学から体育に変わったということをすっかり忘れていたのだ。

というか、昨日の先生の話を聞いていなかったのだけど……。

「たしか、女子はバレーで男子はバスケだったわよね。」あるみ、ジャージどうするの？」

ホームルームの話をしっかりと聞いていたヒメちゃんは、もちろん準備万端《じゅんびばんたん》で。

「ジャージ忘れたから見学……は、先生に怒られるからやだなぁ」

「だよね。体育の笠原《かさはら》、そういうのめっちゃ厳しいし……あ、宇治橋くんに借りたら？」

思いついた！という感じでそう言ったヒメちゃんだけど……。

「だっ、ダメだよ。三組も体育一緒だし……」

「あ、そっか」

うちの高校の体育は、二クラス合同でやることになっているのだが。

一年生は四クラスあるうち、一組と三組、二組と四組で合同体育をやるため、千尋くんとはクラスは違えど体育だけは一緒なのだ。

それに、仮にも千尋くんに『ジャージ貸して』なんて言っても絶対拒否《きょひ》られる気がするし……。

ヤバ、なんか……へこむ。

勝手に落ちこんだりへこんだりしてるあたしを、ヒメちゃんは不思議そうに見ている。

「ジャージないの、そんなにショックな感じ？」

「いや、そういうわけじゃないんだけど……」

「あ！　そういえば！」

「……？」

またまたなにかを急に思いついたヒメちゃん。

ポンッと手のひらを叩《たた》いてから、うしろのロッカーへと向かっていく。

「あった！　あった！　夏まで着ないからここにしまっといたんだよね～」

「え、あたしそれ着るの？」

「制服よりマシっしょ」

「えー……」

「へくしゅっ……！」

「あちゃー、やっぱまだ寒いか」

体育館に到着したジャージ姿のヒメちゃんと、半袖短パン姿のあたし。

さきほど、ヒメちゃんがロッカーから取りだしたのは、未開封の袋に入った夏用ジャージだった。

学校の校章が入った、ワンポイントの白Tシャツと紺色の膝上短《ひざ》パン。

いくら春とはいえ、まだまだ寒いわけで……。

「とっ、鳥肌が……！」

「大丈夫、大丈夫。動いてたら暑くなるって！」

「ほんとかなぁ」

自分の身を抱くようにして、腕をさする。

体育館に集合してる生徒はまだ半数くらいだが、もちろんあたしと同じ格好をしてる人は誰ひとりいない。

完全なるまちがい探しだよ。

ていうか、スカートが少し短いだけでも怒られるのに、こんな姿を千尋くんに見られたら……。

そう思ったあたしは、千尋くんに見つかる可能性を少しでも下げようと、すばやくしゃがんだのだけど……。

「なんだそれ、ギャグか、ふざけてんのか、頭が空《から》なのか、どれだ」

「ど、どれでもないです……」

時すでに遅し、頭の上から降ってくる暴言の数々。

ジャージ姿の千尋くんが、仁王立《におうだ》ちであたしを見おろしていた。

「ヒ、ヒメちゃん……あれ？」

なんだかやっぱり千尋くんが怒ってるみたいなので、助けを求めようと顔を上げるが、そこにはさっきまでいたヒメちゃんがいない。

に、逃げられた……！

「ジャージは？」

「あの……忘れました」

「だったら、今の時間体育がない二組か四組のやつらに借りればいいだろ」

「はっ……そういう考え方もあったのか！」

なるほど！と、ちょっと空気を軽くしてみたつもりだけど、千尋くんの冷めた表情は変わらない。

うぅ……どうしよう。

で、でも、怒るってことは、千尋くんがあたしを心配してくれてるってこと？

え、なにそれ。

なんか、怒られてるのにちょっとうれしくなってきた。

いや、べつにあたしがM《エム》だとかじゃなくて！

「なんでにやけてんだ、アホ」

「あ、いや、べつに千尋くんが心配してくれてるのがうれしいとかじゃなくて、あ」

しまった！　つい本音を言ってしまった。

はぁ?といういう顔をした千尋くんは、あきれながらもしゃがんであたしに視線を合わせる。

やっぱり、ジャージ姿もすごくカッコいいなぁ……じゃなかった。

黙ったままの千尋くんに首をかしげると、千尋くんの細くて長い指が、あたしの腕をキュッとつかんだ。

「っひゃぁ……！」

「冷た」

いきなりのことであたしは情けない声をあげるけど、そんなのお構いなし。

当たり前の感想を述《の》べた千尋くんは、そのまま手を滑《すべ》らせてあたしの手を握《にぎ》った。

「あったかい？」

「……うん」

この格好のせいですっかり冷えきったあたしにとって、千尋くんの体温はとっても心地よかった。

「そ」

言葉はそっけないけど、そう言って微笑《ほほえ》んだ千尋くんの表情は、あたしの大好きな優しい笑顔。

キュン……。

胸の奥がじんわり温かくなった。

「こういう時、一番あったかくなる方法って知ってる？」

「……？　わかんない」

ニヤリ、と笑った千尋くんは、握っていた手を離して立ちあがる。

「裸で抱きあうんだよ」

「ぶーッ……‼」

予想外だ。

もう、なんかよくわかんないけど予想外なのだ……。

ていうか、冗談なんだよね、それ。

千尋くんが真顔で言うと、なんかシャレにならないんだよね。

顔をまっ赤にしながら千尋くんを見あげると。

「……ぇ」

「なに？」

なぜかそこにはジャージの上を脱いで、学校指定ではないが、黒い半袖姿になっている千尋くんの姿が……。

「……っえ⁉」

「うるさい」

えっ、なにこれなにこれ⁉

さっきのって冗談じゃないの⁉

ていうか、ここ普通に体育館だよ千尋くん‼

──ぼふっ。

「……おょ？」

頭上になにかが乗っかった感覚と、まっ暗になる視界。

慌ててそれを取ると、それはさっきまで千尋くんが着ていたジャージで。

「さすがに下は貸せねーぞ」

無愛想《ぶあいそう》な顔でそう言う千尋くん。

「こ、これは……？」

「……魔除《まよ》け」

「えっ、あたしなにかに取り憑《つ》かれてる⁉」

「あぁ。かなり邪悪なやつにな」

「ぇえ⁉」

さっきの無愛想な顔とは一変、ちょっとふざけたような顔でニヤリと冗談を言う。

もう怒ってない？　ていうか……あれ、なんか遊ばれてる？

「貸して、くれるの?」

「ん」

「でも、それじゃ千尋くん寒くない?」

「べつに、あるみに心配されるほどか弱くはない」

たしかに、か弱くは見えないけど……。

いいのかな、あたしなんかが千尋くんのジャージ借りちゃって……。

「……彼女が困ってたら、助けてやるだろ。普通」

今度は優しい顔でそんなセリフ。

「は、はい……!」

ヤバい……なんか、すごくうれしい。

「お返しは、あとでどっさりもらうからな」

「か、過剰請求《かじょうせいきゅう》……」

「うるさい」

なんだかんだで優しい千尋くんが、さらに大好きになった、とある体育の時間。

お詫《わ》びはキスで

その日の昼休み。

「……さみしい」

誰もいない図書室でポツリとそうつぶやいてみたものの、返事もないまま消えてしまった。

いや、誰もいないのに返事がきたら、それはそれでこわい。

あたしは、はぁ、と意味もなくため息をついて、カウンターにつっぷす。

「……千尋くん」

さみしくなると、無意識に彼の名前を呼んでしまう、悪いクセ。

お昼になって、ヒメちゃんやクラスメイト数人と集まってお弁当を食べた。

そのあとは、ガールズトークに花を咲かせ、さぁこれから楽しい昼休み！

——という時に、思い出してしまった。

なにを隠そう、このあたし、羽咲あるみは、一年一組の図書委員だったのである。

毎週月曜日はあたしの担当で、離れた校舎にある図書室で受付の仕事をするのだけど……。

この高校、驚くほどに図書室が過疎《かそ》っている。

人が来ないのはもちろん、あるのは誰も読まなそうなボロボロの古本ばかり。

予算的な問題なのか、ここ最近新しい本は全然入っていないらしい。

昼休みに仕事をしに来ても生徒は誰ひとり来ない。それでも、日誌をつけなければならないのでサボることもできない。

とにかく、図書委員になったはいいがヒマなのである。

さらに、ついさきほどちょっとブルーになる出来事があり、いつもの二倍、気持ちが沈《しず》んでいるあたし。

「……帰りたい」

近くにあったボールペンを取って、廃棄処分《はいきしょぶん》予定の本を開く。

よし、コイツにしよう。

ターゲットを決めて、本に載《の》っていた偉人《いじん》さんの顔に落書きしてみる。

あ、鼻毛も足そう。

なんて落書きに夢中になっていると、図書室の重い扉がギイッと開いた。

「みっけ」

「……千尋くん」

そこに立っていたのは千尋くん。

みっけ、という言葉からすると、あたしを探していたようだ。

ヒマでヒマで仕方なかった場所に、大好きな千尋くんが来たんだ。

普通なら喜ぶはずなのに……。

やっぱり、今のあたしは笑えない。

あたしって心が狭《せま》いのかも。

「なんで俺に声かけてくれなかったの？　図書室来るならついていったのに」

このとおりヒマな委員会活動のため、最近はよく千尋くんについてきてもらっていた。

でも、今日は……。

「三組に、千尋くん……呼びに行ったら、女の子とどこか行ったよって三組の人が。……だから、じゃ、邪魔しないほうがいいかなって」

平静を装って言ったつもりだけど、なんだかうまく話せなくて。

いつの間にかカウンターをはさんで目の前にいる千尋くんと、目を合わせられない。

「あー……その時来てたんだ」

「しょ、しょうがないよね。千尋くんモテるし、カッコいいし、優しいし……」

「本当にしょうがないと思ってる？」

「思って、る……」

「じゃあ、なんで泣いてるの？」

千尋くんに言われて気づく。

ほっぺを温かいなにかが伝って、そのままカウンターに小さな水たまりを作った。

「告《こく》られたんだ、その子に」

うん、わかってる。

その子、三組で一番かわいい子だってみんなに騒がれてた。

「こっち見て、あるみ」

「や、やだ……っ」

小さく反抗すると、むくれた千尋くんが無理やりあたしのほっぺを両手ではさんで、顔を上げさせる。

「心配しなくても断ったよ。今はかわいくてかわいくてしょうがねぇやつがいるからって」

そう言って、ふわりと笑う千尋くん。

ねぇ、それあたしのことだって思っていいの？

勘違《かんちが》い……じゃないよね？

たまに不安になる。

千尋くんがてきとーなのは知ってるけど、どこまでてきとーなのかわからないから。

千尋くんはいつも遠回しな言い方で、ちゃんと好きという言葉をくれないから。

でも、知ってる。

千尋くんの笑顔は、てきとーじゃないってこと。

それだけで安心しちゃうあたしって、単純《たんじゅん》なのかな。

それでもいい。

千尋くんがたくさん笑ってくれるなら。

「ご機嫌なおった？」

「……うん、ごめんね」

クスリ、と、かわいく笑った千尋くん。

カウンターの前から離れて、窓際の棚に腰かける。

「あるみ、おいで」

「なんかその言い方、犬みたい」

「あるみ、ハウス！」

「むぅっ……」

明らかにあたしを犬扱いする千尋くんにむくれながらも、そばに行ってしまうあたし。

同じく隣に座ってみる。

「そういえば、体育の時のお返し。今くれる？」

思い出したようにそう言って、あたしを見おろす千尋くん。

「え、今？　現金以外なら……」

「ぷっ、誰が彼女に現金請求するか」

「よかった……」

ホッと胸をなでおろしたあたしに、不意に千尋くんの顔が近づいた。

チュッと音をたてて、唇の違和感が一瞬で離れていく。

「ちっ、千尋くん……！」

「今のは、今日スカートが短かったことのお詫び」

「っえ」

そして、またすぐに千尋くんの体温が重なる。

今度は少し長い。

「これは下駄箱の前にいて邪魔だった時の」

いたずらっぽく口角を上げた。

「まっ、待って……」

「やだ」

そして次に深くて、長いキスをする千尋くん。

これは体育で、ジャージを貸してくれた時のお礼だろうか。

すごくドキドキして、千尋くんのブレザーにしがみつくのが精一杯だった。

「……っぅ……ち、ひろ……くんっ」

胸がもうバクバクで、頭の中も心の中も千尋くんだらけで、もうよくわからない。

しばらくして、ようやく唇が離れると。

「これはさっき泣かせちゃったお詫び」

そう言って、おでこに一瞬ふれるだけのキスを落とした。

そんなの、許すしかないじゃんか。

キスひとつで許しちゃうなんて、あたしは千尋くんにちょっと甘いのかもしれない。

口にはしない記念日

その日はお昼から雨が降っていた。

いつもどおり授業を受けて、いつもどおり掃除をして、いつもどおりの放課後を迎える。

「あるみ、バイバーイ！」

「ヒメちゃん、明日ね」

教室から出ていくヒメちゃんに手を振って、自分も机の横にかけてあるカバンを持ちあげる。

「さて……」

どうしたものか。

教室の窓から、雨が降っている曇《くも》り空の外を眺めて、途方《とほう》にくれてみる。

「……傘《かさ》、忘れちゃった」

お母さんが「今日は雨が降るよ」って教えてくれたのに。

朝から別のことで浮かれていて、すっかり傘を持ってくるのを忘れてしまったのだ。

結構降ってるし、しばらく止《や》みそうにない。

こうなったら走って帰るしかないかな。

小さくため息をついて、教室から生徒玄関へ向かう。

雨のせいか車で迎えに来てもらう人が多くて、まだ学校に残っている生徒は少なかった。

「……あ」

「遅い」

そこにいたのは、下駄箱に寄りかかって視線だけをこっちに向ける千尋くん。

少し気温が高い今日は、ブレザーを着ていない黒のセーター姿だった。

大きめに開いたワイシャツの首もとには、シルバーのネックレスが光っている。

「あ、えと……もう帰っちゃったのかと」

いつもはヒメちゃんと一緒に帰るのだけど、今日は予定があるらしく、ひとりで帰るつもりだった。

千尋くんとは一緒に帰る約束はしていなくて、たまに帰る時間が重なった時に帰る程度。

だから千尋くんが待っていてくれたのは、意外だった。

雨も降ってるし、もう帰っちゃったと思ってたから。

「朝、傘持ってなかったから」

「あ、だから待っててくれたの……？」

「ん」

そういえば今朝、千尋くんと生徒玄関で会ったことを思い出す。

あの時、見ててくれてたんだ。

「帰ろ」

「うん、ありがとう」

思わず笑顔になる。

やっぱり千尋くんは、態度はそっけないけど優しいのだ。

千尋くんのビニール傘で、いわゆる相合《あいあ》い傘をして歩く。

いつもはあたしを気にせずスタスタ行ってしまう千尋くんが、今日は傘のおかげか
あたしに歩幅を合わせてくれている。

「千尋くん、足長いね」

「あるみ、足短いね」

「……………」

そこは事実でもふれないでほしかった。

「あれ……？」

しばらくして、千尋くんが帰り道とは違うほうにあたしをひっぱる。

「どこか、行くの？」

「んー、散歩」

「こんな雨の日に？」

「雨だから」

「答えになってないよ……」

なんか、変な千尋くん。

でも、今日は千尋くんと長くいられてちょっとうれしい。

だって今日は……。

「なんでにやけてるの？　キモい」

「……」

仮にも彼女に向かって、キモいとは何事だろう……。

それから千尋くんと一緒に来たのは、ショッピングモール。

雨のせいか客足は少なくて、知り合いはほとんど見かけなかった。

そしてさらに、今日の千尋くんはやっぱりどこか変で。

「どれがいい？」

「え、買ってくれるの？」

「トリプルはダメだよ。あるみ、いつも落とすから」

という風にダブルのアイスクリームを買ってくれたり。

「撮りたいの？」

「で、でも千尋くん写真とかきらいだし……」

「いいよ、今日は」

と、いつもはイヤがるプリクラを一緒に撮ってくれたり（カメラ目線はひとつもなかったけど）。

なぜか、いつもの倍以上に優しい。

はっ。もしかして、今日一日優しくしてあげるから別れようとか……!?

いや、そんなまさか……。

え、でもでも、もしそうだったら、今日の千尋くんの態度も納得できるし……。

や、やだっ。

千尋くんとバイバイなんて、したくない……。

「あるみ」

「ち、ひろくん……」

ショッピングモールの外にある、屋根つきのベンチに座っているあたしたち。

凛々《りり》しい千尋くんの瞳が、じっとあたしを見ている。

「ちょっといい？」

「……？」

そう言うと、あたしの首のうしろにそっと手を回した千尋くん。

すこしヒンヤリとしたなにかが、首もとをくすぐった。

「できた」

しばらくして、千尋くんが手を離す。

不思議に思って首をかしげると、鏡を見てと言われたので、カバンの中から手鏡を取りだして自分の首もとを映してみる。

「あっ……」

そこにあったのは、千尋くんとおそろいのネックレス。

シンプルなデザインで、千尋くんのには青い石、あたしのには淡《あわ》いピンクの石がはめこまれている。

角度による反射で、キラキラ光ってすごくキレイだ。

「えっと……あぅ……」

うれしくて、うれしくて、言葉が出てこない。

そんなあたしを、千尋くんはやわらかく笑って見ている。

そこで、気づいてしまった。

ベンチの上に置いてある、さっき半分こした千尋くんとのプリクラ。
その中に、一枚だけ千尋くんが落書きしてくれたプリクラがある。
そのすみっこに、小さく書かれている
『一ヶ月記念日』
という文字。
自分で記念日覚えるのめんどくさいからって言ってたくせに。
だから、今日は優しかったんだとようやくわかる。
「大好き、千尋くん」
「うん、知ってる」
口にはしてくれない、千尋くんとあたしの一ヶ月記念日。
大事にするね、初めてのプレゼント。

ドキドキアイス

千尋くんがバイトすることになりました。

いや、詳しくはバイトのヘルプをすることになりました。

千尋くんの友達の一之瀬《いちのせ》くんが、用事でどうしてもバイトに行けなくなったらしく。

でも、バイト先も人手が少なく、休まれると困るということで、なぜか千尋くんが代わりに行くことになったとか。

……で。

「ち、千尋くん」

「うん」

「いや、あの……うんじゃなくって」

「なに？　うるさい」

「………」

なんだ、この状況。

放課後、めずらしくあたしの教室に迎えに来てくれた千尋くん。

そこで、バイトのヘルプをすることになったと聞かされ、頑張ってねと言ったはずなのに……。

「どこ、行くの……?」

「言ったでしょ。一之瀬の代わりにバイトしなきゃいけないって」

うん、それは知ってるんだ。

あたしが聞きたいのは、千尋くんがどこ行くの?じゃなくて、あたしを連れてどこ行くの?だ。

「どうせヒマでしょ?」

「ヒ、ヒマだけど……!」

「じゃあ、いいじゃん」

「……」

なぜかあたし、バイトのヘルプのヘルプをやることになってしまった……っぽい。

一之瀬くんにもらったらしい地図のメモを見ながら、あまり通ったことのない道を歩いていく千尋くん。

強制的にバイトのヘルプのヘルプをすることになったっぽいが、いったいどんな仕事をするのだろうか。

千尋くんのうしろをついていきながら周りを見渡せば、ここらへんではちょっとめずらしい昭和っぽい雰囲気。

「こんなとこ、あったんだ……」

「俺らの家と逆方向だもんな」

「いいね、こういう懐《なつ》かしい感じ」

そんな会話をしながらも、あっちの角を曲がったり、こっちの坂を登ったり。

「ここだ」

しばらくして、立ち止まった千尋くんがそう言ったので、顔を上げると。

「……お風呂？」

そこには『弥生銭湯《やよいせんとう》』と書かれている古い看板があった。

外からの見た目だけでもかなりボロボロだ。

トタンがあちこち剥《は》がれていたり、穴が開いていたり。それだけで、ものすごい歴史を感じる。

「営業、してるのかな」

「営業は五時から。それまでに風呂掃除して、お湯張るの」

「えっ、バイトの内容ってそれ？」

「うん」

うわぁ、結構大変そうだな……。

千尋くん大丈夫なのかな……じゃなくて、あたしも一緒にやるんだった。

「行くか」

「う、うん」

まだ状況はいまいち飲みこめてないが、とりあえず千尋くんのうしろをついていくことにする。

今日はヘルプのあたしたちが来るということは、一之瀬くんが電話で説明しておいてくれたらしく。

千尋くんとあたしが中に入ると、番台《ばんだい》にいたここの責任者らしいおばあちゃんが声をかけてくれた。

「あらあら、もしかしてあなたたちが、いっちゃんの言ってた助《すけ》っ人《と》さん？」

にこっとかわいく笑うおばあちゃん。

すごく優しそうだ。

「はい、宇治橋千尋です。一之瀬の代わりに来ました」

あたしがおばあちゃんの雰囲気に気をとられている間にも、しっかり者の千尋くんは挨拶をしている。

あ、あたしもしなきゃ……っ。

「ぇと……羽咲あるみ、です。今日は、ヘルプのヘルプで来ました……っ」

「へるぷのへるぷ？　ごめんねぇ、おばあちゃん横文字に弱くて……」

「あ、いや……っ、ご、ごめんなさいっ」

なんかわかんないけど、謝っちゃった。

こっちは人見知りでちょっとパニックなのに、隣の千尋くんはおかしそうに笑っている。

こっ、こら！　こっちは真剣なんだぞ！

「それにしても、まぁ。いっちゃんもなかなかの男前だけど、あなたもかなりの男前だねぇ。今の高校生って、みんなこんなに『いけめん』なのかしらねぇ」

千尋くんを見て、うふふと笑うおばあちゃん。

あれ、さっき横文字弱いとか言ってたのに、ちゃっかり『イケメン』とか使っちゃってるよ。

まぁ、でも千尋くんがイケメンなのは事実だからなぁ。

「そんでこっちの娘はえらいべっぴんさんでぇ。本当にうらやましいねぇ」

あたしを見て、そう言ったおばあちゃん。

「い、いえ。そんなべっぴんさんだなんて……」

慌てて顔の前で手をパタパタさせるけど……ちょっぴりうれしい……なんて。

「社交辞令《しゃこうじれい》だぞ。本気で受けとめるなよ」

「……」

小さな声でそう耳打ちしてきた千尋くん。

うん、ちょっと泣きそう。

「見てのとおり、うちはこんな古い銭湯だから、お客さんなんて近所のお年寄りくらいしか来ないんだけどねぇ。それでも、長年ひいきにしてくれてる人たちもいるわけだから、こうしてボロボロになっても営業してるのよ」

きっと、商売繁盛《しょうばいはんじょう》とか関係なく、その人たちのためにこの銭湯をおばあちゃんは続けてきたんだろうな。

そう思うと、少し泣きそうになってきて。

「おばあちゃんっ、あたし一生懸命掃除するからね！」

思わずおばあちゃんのしわしわの手を握って、頑張ることを宣言する。

「本当に、いっちゃんの友達がこんなにいい子たちですごくうれしいわ。おじいさんにも、あなたたちを会わせてあげたかった」

「おじいさん……亡くなられたんですか？」

「いいえ、今日はお友達とゲートボール大会に」

「………」

うん、おじいちゃん元気でよかったよ……。

隣からまた、千尋くんがクスクス笑う声がした。

「よし、やるか」

「ね、ねぇ千尋くん」

「あ？」

「あたしも男湯掃除するの？」

「当たり前じゃん」

おばあちゃんとの挨拶を終えて、掃除用のブラシを借りてきたところで問題発生。

一之瀬くんのヘルプってことは、普通に考えればわかることだったんだけど……。

な、なんか男湯に入っちゃうのは抵抗がある。

「べつに人がいるわけでもないじゃん。俺とあるみだけだし」

「そうだけど……」

「時間ないの。早くして」

「……はい」

という具合に千尋くんに強制連行され、問題解決。

仕方なく『男』と書かれたのれんをくぐって、中に入る。

入口からすぐつながっている更衣室で、掃除しやすいようにあたしたちも着替えることに。

「あるみはこれ着て」

そう言って、千尋くんに渡された学校のジャージセット。

「え、でもあたしがこれ着たら千尋くんが……」

「俺は制服のままでいいよ。ズボン捲《まく》るし」

「でもでもっ、汚れちゃうよ……っ。あたしならスカートだし、濡《ぬ》れないし」

「だからダメなの」

「……？」

スカートだからダメって、どういうこと？

不思議に千尋くんの目を見てみると。

「その格好で銭湯の掃除したら、パンツ見えちゃうでしょ」

と、千尋くんなりの気使いらしい。

た、たしかにそれは恥ずかしい。

けど、逆にそれは千尋くんが見苦しいもの見せるくらいならこれ着ろよ、という意味にもなるわけで……。

いや、べつに見せたいわけでもないけど、ちょっと悲しい。

「言っとくけど」

ちょっとだけしょんぼりしたあたしに、千尋くんがまたなにかを付け足す。

「俺はべつにあるみのパンツ見たくないわけじゃないし、見えたらむしろラッキーだと思う」

「ちっ、千尋くん⁉」
ラ、ラッキーってなんだ⁉
いや、正直うれしいけど、もう少し言葉をオブラートに包んでほしいというか……素直すぎだと、思うのですが。

「でも、あるみはバカだから。知らないうちに見られてたら傷つくでしょ？」

「う、うん……」

たしかに、制服のまま掃除して、知らないうちに千尋くんにあたしのパンツを見られてた、なんてことがあったら、正直恥ずかしすぎて三日は寝こむ自信がある。

「だから着てよ、これ」

「千尋くん……」

「あるみが傷つくのは、イヤだし」

……きゅぅん。

もう、そのお言葉だけで胸がいっぱいです。千尋くん。

「おばあちゃんのために頑張るんでしょ」

「うんっ」

顔も知らない一之瀬くんのおかげで、またひとつ優しい千尋くんを知ることができちゃった。

「つ、疲れた……」

午後五時前、なんとかギリギリにお風呂掃除を終えることができた。

あの広い大浴場を洗っていくのは、結構大変で、洗剤で滑《すべ》って派手にこけたりもしてしまい。

ジャージを借りて正解だったと、あらためて思う。

一方の千尋くんは、いつもはてきとーなくせに、優しいおばあちゃんへの責任もあるのか、意外とマジメに掃除していた。

途中で、前髪が邪魔だとかなんとか言っていたので、あたしのピンを一本貸してあげると、前髪をとめたニュータイプの千尋くんは、なんだかものすごくかわいかった。

「なんかムズムズする、やっぱりいらない」

と言って、ものの数秒で返品されたのだが。

うん、めげない。

「明日筋肉痛になっちゃう」

「どんだけ運動してないの」

「千尋くんだってしてないじゃん」

「うるさい」

男の子と女の子の体力は違うんだぞ、と千尋くんに抗議《こうぎ》していると、のれんの向こうからおばあちゃんがやってくる。

「あら、終わったのねぇ。助かったわ、ありがとう」

「ピッカピカにしといたよ、おばあちゃん」

「まぁ、それはそれは頑張ったわねぇ！」

おばあちゃんにほめられて喜んでいると、ピッカピカは言いすぎだ、と千尋くんに小声でツッコまれた。

「ふたりとも、本当に今日はありがとう。これ今日のバイト代、少ないんだけれど」

と言ったおばあちゃんは、茶封筒《ちゃぶうとう》を千尋くんに渡した。

もともと、今日一日だけのヘルプなので、今日の分の給料は千尋くんがもらうことになっていたらしい。

だけど。

「おばあちゃん、これいいよ」

「え、なんでだい」

一度受け取った封筒を、おばあちゃんに返す千尋くん。

なんとなく、あたしも千尋くんの気持ちがわかる気がした。

「俺ら、バイトしに来たんじゃなくてヘルプとして来たんだし。それに、お風呂掃除楽しかったから、それはいらないよ」

そう言った千尋くんは、あたしを見ると「な」と笑顔を見せる。

それに答えるように思い切り首を縦に振ると、目の前のおばあちゃんがクスリと笑った。

「本当に、いい子たちだねぇ」

お金はいらない。

おばあちゃんのうれしそうなかわいい笑顔が見られただけで、ここに来てよかったって思えちゃうもん。

「今度は遊びにおいでね。おいしい大福《だいふく》、用意しとくから」

そう言って、おばあちゃんはもう一度優しく微笑んだ。


「ねぇ、バニラ味おいしい？」

「あるみのチョコ、溶けてるよ」

「あわわっ……！」

ようやくプチバイトが終わって、銭湯から出たあたしと千尋くん。

お互いの右手には、それぞれチョコとバニラのアイスバーが握られている。

お金はいらないと言ったものの、やっぱりなにかお礼がしたいと言った銭湯のおばあちゃん。

じゃあ、バイト代より全然安いんだけど、これもらっていきな。

そう言ってくれたのが、このアイスだった。

チョコとバニラが一本ずつだったので、悩みに悩んでチョコをもらったのだが……

やっぱり千尋くんのバニラも気になる。

しかし、千尋くんのバニラを気にしているうちに、自分のチョコが溶けてしまう。

という、絶体絶命のピンチなのだ。

「ねぇ、バニラおいしい？」

「それ、さっきも聞いた」

「だって、人が食べてるものっておいしそうに見えるじゃん」

「はぁ」

めんどくさそうにため息をついた千尋くん。

だけど、持っているバニラをあたしの口もとへ持ってきてくれる。

「食べていいの？」

「食べたいんでしょ」

「わーいっ」

優しい千尋くんに感謝して、目の前のバニラアイスをひと口かじる。

「満足？」

顔をのぞきこまれながらそう聞かれて、笑顔でうなずく。

やっぱりチョコもおいしいけどバニラも捨てがたいなぁ、と思いながら再び自分のチョコにかじりつくと。

「……っ！」

いつの間にかどアップになっている千尋くんの顔。

な、なんだこの状況‼

あたしが口をつけているほうと反対側の場所を、シャリッとかじる千尋くん。

その距離はキスする時くらいに近くて、顔が一気に赤くなる。

ほんの一瞬の出来事で、千尋くんはすぐに顔を離すと、ペロリと自分の唇をなめた。

その動作が、なぜかすさまじくエロく見える。

「チョコもおいしいね」

「……ぅ、うん」

「言っとくけど、俺は倍返し主義だから」

「え？　んっ……」

パクッ
ドキッ

意地悪そうにそう言った千尋くんは、アイスで少し冷えたあたしの唇に、自分の体温を重ねるのだった。

アイスを食べるのに、こんなにドキドキしたのは初めてだ。

チョコより甘い、千尋くんのキス。

走る千尋くん

季節は五月末、いよいよ夏の気配が近づいてきた晴れの日。

うちの高校では体育大会が行われていた。

「ヤバいヤバい！　超天気イイじゃん！」

カンカン照りのお日さまを見て、隣のヒメちゃんが日焼け止めを顔中に塗りたくっている。

運動をして汗をかくと化粧がすぐ崩れるから、ということで、今日はすっぴんのヒメちゃん。

腰まで伸びた金髪は、今日は動きやすいようにかポニーテールにまとめられている。

「ヒメちゃん、化粧派手だけど肌は白いよね」

「あたし肌焼くのはきらいなんだよね。ヒリヒリするしさぁ」

そう言って苦そうな顔をするヒメちゃん。

言ったら絶対に否定されるけど、やっぱりヒメちゃんはすっぴんのほうがかわいいと思う。

「にしても、生徒が座る場所にもテントつけろって感じじゃね？　先生たちだけずるいっつーの」

生徒の人数が多いため、日除《ひよ》け用のテントが張ってあるのは先生たちの場所だけ。

あとはトラックを囲んで、教室から運んできたイスに全校生徒がクラス順で座っている。

なので、はしゃいでる男子の横では、ほとんどの女子が露出《ろしゅつ》している肌に日焼け止めを塗っているのだ。

もちろん、あたしもさっき塗ったけれど……。

「もういいんじゃ……」

「ダメダメ！　あるみは甘いよ」

ヒメちゃんはかれこれ三十分ほど塗り続けている。

よほど焼けたくないらしい。

まだ開会式の準備中で、ジャージ姿の生徒がおしゃべりしたり、歩き回ったりしている。いわゆるちょっとした自由時間。

「あ……」

とくにすることもないので、このまま開会式が始まるまでボーッとしてようとしたあたしだけど。

「どしたー？」

「あ、あの……ちょっと行ってきていい？」

「いいよー。開会式までには帰ってきてね」

「うんっ」

見つけてしまった。

少しうしろの木陰《こかげ》で、寝転がっている彼の姿を。

「ち、千尋くん」

「……ん？」

近くに行って声をかけると、あたしに気づいて起きあがる。

半袖ハーフパンツの体育大会バージョン千尋くん。

その首もとには、ちゃんとあたしとおそろいのネックレスが光っていた。

声をかけてみたはいいけれど、なにを話していいのかわからなくて迷っていると、
ポンポンと千尋くんが自分の隣の芝生を叩いた。

隣に座れ、ということらしい。

「い、いいの？」

「うん」

許可をもらって、すとん、と千尋くんの隣に座る。

「今日、髪型違うね」

「あ、うん。ヒメちゃんにやってもらったの」

いつもはおろしている髪を、今日はヒメちゃんにおだんごにしてもらった。

千尋くんに気づいてもらえたことが、ちょっとうれしい。

「かわいいよ」

「っ……」

「あ、照れてる」

クスリと笑った千尋くん。

「千尋くんは、今日もカッコいい……ですね」

「ふ、なんで敬語？」

「……わかんない」

だって、なんだか緊張しちゃうんだもん。

「あるみはなんの競技に出るの？」

「えっとね、アメ食い競争！」

「だと思った」

「むむっ……」

千尋くんが優しく笑う。

そんな顔されたら怒れないじゃないか。

「千尋くんは？　なにに出るの？」

よく考えたら、ちゃんと運動している千尋くんって見たことない。

体育は一緒の体育館でやってるけど、自分のプレーに精一杯で千尋くんのプレーを見れないし。

でも今日は、ゆっくり見れるんだ。

「俺はなにも出ないよ」

「……っえ⁉　出ないの⁉」

「うん」

「そんなぁ……」

「なんであるみが残念がるの？」

と、疑問を浮かばせる彼。

だって走る千尋くんを見るの、ちょっと楽しみにしてたんだもん。

どうせまためんどくさいとか、考えているんだろうな。

「走る千尋くん、見たかった……」

「べつに、そんな期待するほど速く走れないよ、俺」

「でも、クラスの女の子たちがね、体育でバスケやってる千尋くんはカッコいいいって」

「それ、ただの妄想《もうそう》じゃないの？」

さりげにうちのクラスの子たちを妄想族にしてしまう千尋くん。

本人たちが聞いたら傷つくだろう。

「ちなみに一之瀬は、最後のリレーに出るってはりきってたよ」

失礼だけど、正直一之瀬くんの情報はどうでもいいんだよ千尋くん。

というか、いまだに一之瀬くんの顔を見たことがないのだが。

あれ、話がずれてる。

「ハチマキずれてる」

「え、話がじゃなくて？」

「は？」

「ぇあっ……こっちの話です」

すっと伸びた千尋くんの手が、あたしのずれてるらしいハチマキをなおしてくれる。

ちなみにうちの学校の体育大会は、学年ごとのクラス対抗であるため、クラスごとにハチマキの色が違う。

あたしは一組だから赤のハチマキ。

千尋くんは三組だから青のハチマキだ。

そのほかは、たしか二組が黄色で、四組が緑だった気がする。

「なおったよ」

「あ、ありがとう」

千尋くんに髪型をほめてもらえたり、ハチマキをなおしてもらえるのはうれしいんだけど。

やっぱり、見たかったな。走る千尋くん。

「あるみ」

「うん？」

「アメ食い競争頑張ったら、明日の振り替え休日、どっか行こっか」

「本当⁉」

「うん」

走る千尋くんは見られないみたいだけど、一生懸命頑張ろう。


「あーるーみー」

「………」

「おーい」

「………」

「いつまで落ちこんでんの！」

「だって……」

ヒメちゃんに耳をひっぱられて怒鳴られるけど、もう生き返る気がしない。

だって……。

「アメ食いビリだったんだもんっ」

「あれはひどかったね……」

せっかく千尋くんが、頑張ったら明日遊びに行こうって言ってくれたのに……。

開会式を終えてすぐに始まったアメ食い競争。

一〇〇メートルコースの途中にある大量の小麦粉が入ったトレーに、顔をつっこんでアメを探すといういわば普通のルール。

そんな中、一年生のあたしは一番最初にスタートして、たくさんの生徒が見守る中で緊張しながらも小麦粉に顔を埋めた。

しかし！

……アメが全然見つからないのだ。

鼻に粉が入ろうと、粉のせいでむせようと、一生懸命探したのに見つからない。

その間にも隣のレーンの生徒たちはゴールしちゃうし、やっぱりアメはどこにもないしで。

もはや最終的にひとりになったあたしは、半べそをかきながら観客に応援されて、ものすごく恥ずかしいゴールを迎えたのだ。

「はぁ……」

「まぁ、気持ちはわかるけどさ。なにもそんなずっと落ちこんでなくても」

一番最初の競技だったアメ食い競争から、ずっとこんな調子のあたし。

残るは、一之瀬くんが出るというクラスリレーと閉会式だけ。

本当に千尋くんはなんにも出てなかったし、一之瀬くんはやっぱりどれだかわからないし……。

「体育大会なんて……」

そうつぶやいたところで、なぜかヒメちゃんが立ちあがった。

「なんか三組のとこ、騒がしくない？」

「ど、どしたの？」

「え？」

三組って、千尋くんのクラス？

「ほら、三組の担任もいるし」

普通ならスタートのピストルを鳴らしたり、アナウンスをしたりと仕事があるので、生徒席にはいないはずの先生。

本当になにかあったらしい。

「ちょっと近く行ってみよ、あるみ」

「う、うん」

ほぼ一日中座っていた席から離れ、ちょっとした人だかりができた三組へと行ってみる。

「え、どーするの？」

「俺ムリだよ、さっき八〇〇メートル走ったばっかだし！」

「だって、アイツアンカーじゃん」

なにやら、三組の生徒がいろいろともめているみたいだ。

「あっ、あんた三組の子だよね？」

近くでオロオロしている女の子に、ヒメちゃんが声をかける。

「あっ……う、うん」

「どうしたの？　なにかあったの？」

「えっと……」

いきなり、初対面にも等しい金髪ギャルのヒメちゃんに話しかけられたもんだから、少し驚いているその子。

大丈夫だよ、ヒメちゃんは優しい子だよ。

と、心の中でフォローを入れるあたし。

「あの、次のリレーのアンカーの一之瀬くんが、ケガしちゃって出れなくなっちゃったらしいの……」

「一之瀬くんが？」

あ、いや、べつに友達とかじゃないんだけどね……。

「だけど、代わりに誰が出るかでもめちゃって……」

「そうなんだ、体育大会でケガなんて超ベタじゃん。その一之瀬ってやつ、かなりはりきってたみたいだね」

「うん、一之瀬くんほとんどの種目出てたから……」

「うわぁ、運動バカじゃん」

キャハハとヒメちゃんは笑ってるけど……あれ、これって笑っていいのかな。

「みんな、し、ず、か、にっ！」

さらにヒートアップする話し合いに、三組の担任が声を大きくした。

一瞬、シーンとなるその場。

「リレーのアンカー、一之瀬くんは出られないけど。代わりに出てもらう人を一之瀬くんに指名してもらったから！」

そう言ってゴホンと一回咳《せき》払いをして、腕をあげた先生。

その先生が指差したのは……。

「宇治橋くん、キミに出てもらいます」

「……」

人だかりのすみのイスに座っている千尋くんだった。

しばしの沈黙。

だけどすぐにざわつく周り。

聞こえてくるのは、「宇治橋くんが走るの?」とか「キャーッ」とかと言う、女子の色めきだった声がほとんど。

その様子が、やっぱり千尋くんは人気者だということを教えてくれる。

「なんで俺なんですか」

「一之瀬くんがなんか前に宇治橋くんに助けてもらったとか? バイトがなんちゃらかんちゃら……」

うーんと首をひねりながらそう言う先生。

きっと、前に銭湯掃除のバイトにヘルプで行った時のことだろう。

「だから、そのお礼に目立つチャンスをあげよう!って」

「あの野郎……」

眉をひそめた千尋くんがぼそりとつぶやく。

「とにかく、もう時間もないし。宇治橋くん、いいわね？」

チラリと右腕の腕時計を見た先生が、千尋くんに笑顔で圧力をかけている。

「……イヤだ」

「お願いよ！　今のところうちのクラス二位なの！　このリレーで勝ったら優勝できる逆転のチャンスなの！」

「べつに優勝できなくてもいいです」

「優勝したい！　先生は！」

なんか……情熱的な先生だなぁ。

千尋くんがどうするつもりなのか、たくさんの人の間から見ていると……。

……あ。

パチリ、と千尋くんと目が合ってしまった。

ど、どうしよう……。

このままそらしちゃうのも、なんか感じ悪いし……。

頑張ってという意味をこめてウインクでもしようか。

いやいや、絶対にドン引きされる……。

「……千尋くん……」

結局、どうすればいいかわからなくて、ちっちゃい声でそうつぶやく。

困った時やさみしい時についつい千尋くんを呼んでしまう、悪いクセだ。

その時。

「……わかった」

一度大きなため息をついた千尋くんが、そう言って髪をくしゃくしゃにする。

「やった！　ありがとう宇治橋くん！」

先生が笑顔で千尋くんの肩を叩いて、一之瀬くんの代わりにリレーのアンカーをつとめることが決定した。

「よかったじゃん。見たかったんでしょ、彼氏の走るとこ」

「……う、うん」


千尋くんが走ることに決まり、無事始まったリレー。

今走っているのは一番目の走者なので、千尋くんの出番はまだだ。

走者は全部で五人。

一番から四番目の走者たちはグラウンド半周でバトンを渡し、アンカーだけは一周することになっている。

そんな中、あたしとヒメちゃんがいるのは、ちょうどゴールの五〇メートルほど手前。

ここだとゴールに向かうところがよく見える。

ボーッとしている間にも、すでに三人目の走者にバトンが渡っていた。

今のところの順位は先頭から、三、二、一、四組の順番だ。

「あるみ？　まだアメ食いのこと落ちこんでんの？」

「え……あー、それはもう大丈夫」

いや、本当はまだ恥ずかしいんだけれど。

……それよりも、さっき千尋くんと目が合った時に、なにも言うことができなかったのがすごく気がかりで。

なんだか心がモヤモヤしてしまう。

あたしが困ってる時はいつも、なにも言わず手を差し伸べてくれる千尋くん。

なのに、あたしは千尋くんになにもしてあげられてない。

「あぁっ！」

「ど、どしたの……？」

いきなり隣で大きく声をあげたヒメちゃん。

今日はバサバサのつけまつげに邪魔されていないぱっちりしたその目の先に、あたしも視線を向ける。

そこには、一位をキープしていた三組の第四走者が、転んでしまっている姿。

いかにも体育会系って感じの女の子だったが、カーブでバランスを崩してしまったらしい。

「あちゃー、ありゃもう三組一位はムリだね」

ヒメちゃんの言うとおり、すぐに立ちあがったものの、転んだ隙《すき》に抜かれていつの間にか最下位。

一位の二組とは、かなり距離の差ができてしまっている。

そして、その距離のままアンカーにバトンが渡っていき、千尋くんにも青色のバトンが渡された。

見てみたかった千尋くんの走る姿。

細いけど筋肉質な千尋くんの脚が、グラウンドの土を力一杯蹴りあげて風をきっていく。

千尋くんは、ものすごく速かった。

俺はそんなに速くないだの言っていたくせに、すぐに三位の走者を抜いてしまった。

あと、ふたり。

千尋くんの黒くてサラサラな髪が、風になびいて揺れている。

走る千尋くんは、すごくすごくカッコよかった。

だけど、このままでいいのかな。

こんなモヤモヤするままで、千尋くんを見てるのって、なんか……イヤだ。

グラウンド全体から聞こえる、生徒たちの歓声。

千尋くんはチーターのようなその脚力で、二位だった一組のアンカーも抜いた。

さらに盛りあがる生徒たち。

あと、ひとり。

「おぉっ！　宇治橋くんすげーじゃんっ！　あのビリからもう二位だよ！」

たしかに、千尋くんは驚くほどの速さでふたりを抜いていったけれど。残り半周で一位の走者を越すには、まだかなりの距離がある。

やっぱり、転んだ分の距離を縮めるのはむずかしいのかな。

頑張ってほしい。

いつも千尋くんに助けてもらってる分、あたしも千尋くんの力になりたい。

「ち、ひろくん……」

「あるみっ」

ちっちゃい声でつぶやくあたしに、ヒメちゃんが歓声に負けない声で叫ぶ。

「まだ間に合うよ！　言ってやんな！　あたしのために金メダル持ってこいって‼」

「ヒメ、ちゃん……」

「呼ぶのはあたしの名前じゃないでしょっ」

そう言って、ニカッと歯を見せて笑うヒメちゃん。

そうだ。まだ間に合う。

言わなきゃ。

「千尋くんっ、頑張ってーーーっ!」

精一杯大きな声を出したつもりだったけれど、周りの歓声が大きすぎて紛《まぎ》れてしまう。

でも、叫んだ直後、ゴールに向かって走る千尋くんが、あたしを見た。

一瞬だったけど、千尋くんと目が合ったのだ。

……気づいて、くれた?

そして、ラストスパート。

ゴールまで一〇〇メートルで、千尋くんの脚がさらに速く土を踏んでいく。

キャーッ!!!!

うぉぉおッ!!!!

興奮した生徒たちがそんな声をあげたのは、千尋くんが一位の走者に並んだからだ。

そして、風のようにあたしとヒメちゃんの前を過ぎていく千尋くんと、二組のアンカー。

千尋くんに並ばれた彼もまた、抜かれるものかとさらに力を入れている。

もはや、一対一の戦い。

そして、千尋くんの青いハチマキが流れるようにうしろになびいて……。

『ゴォォォオルーーー！』

放送アナウンスが、力強くそう叫んだ。

「宇治橋ィっ！　よくやったぁぁあ！」

三組の担任が、自我も忘れてそう叫ぶ。

それと同時にゴール付近で見ていた、三組の生徒たちが集まって、たった今走り終わった千尋くんを囲む。

「宇治橋くん、めっちゃ速かったーぁ！」

「お前、超すげーよっ」

「カッコよすぎーっ‼」

わっしょいわっしょい、お祭り並みに騒ぎながらはしゃぐ三組。

あの状況から、さらに人ひとり分の差をつけてゴールしたのは、千尋くんだった。

「ど、どうしようヒメちゃん……っ」

「なにがよ」

「うれしい、ものすごくうれしいけど……！　あたし、一組なのに三組の千尋くん応援しちゃった……っ」

「……あるみのそういう単純で素直なとこ、好きよ」

「あゎゎっ……まさか自分がこんな裏切り行為をしてしまうなんて……っ。うぅっ、ヒメちゃんごめんねー……！」

千尋くんを応援してた時は、千尋くんのことで頭がいっぱいで。

千尋くんがゴールして安心したら、今になって自分の過《あやま》ちに気づく。

「いいんじゃない？　あっちも、自分のクラスのためっていうか、あるみのために頑張ったみたいだし。ほら」

そう言われて、ヒメちゃんの視線の先を見ると。

相変わらずみんなに囲まれている千尋くん。

だけど、あたしの視線に気づくと、べっと舌を出して腰のあたりでピースサインを見せる。

それだけで、応援したことはやっぱりまちがってなかったと思う。

一組のみんな、アメ食いではビリ取っちゃったし、ろくに応援もできなくてごめんね。

だけど、あたしが応援したいのは千尋くんなんだって、あらためてわかったから、後悔はしてない。

一組は負けちゃったけど、心はもういっぱい。

「そろそろ帰ろうよ、千尋くん」

「もういい、疲れた」

「さっきからそればっかりだよー」

無事閉会式も終えて、高校生活初めての体育大会が終了。

あと片付けもすませて、午後四時には生徒たちは帰宅時間を迎えた。

なのに、五時近くになっても帰ろうとしない千尋くん。

今日は部活動もないため、放課後の教室にはあたしたち以外、誰ひとり残っていない。

三組の教室で、自分の席らしい窓際の机に座って、伏《ふ》せている千尋くん。

しょうがないのであたしも前の席のイスを借りて、千尋くんが起きるのを待っている。

「あんな本気出したの初めてだわ」

「すごく速かったもんね！」

「てか、なんで俺あんなガチになっちゃったんだ」

「いいじゃん。おかげで一位だよ」

「べつに、ビリじゃなきゃいいやって感じだったし」

ハア、と息を吐いた千尋くんは、伏せていた腕の中からちょっとだけ顔を出す。

そのまま、前にいるあたしを上目遣いで見てきた。

「なんか……あるみに応援されたら、負けれねぇなって思って」

「……っ！　あの時、応援したの聞こえてたの⁉」

「うん」

「あんなに騒がしかったのに⁉」

「うん」

うれしい。

聞こえていないと思ってたあの時の応援が、千尋くんの役に立ったんだもん。

千尋くんに、あのエールが届いていたことが、うれしくてしょうがない。

「ちなみに」

「ん？」

「困ってる時とか、さみしい時に、無意識に俺の名前呼んじゃうあるみのクセも知ってる。アンカー渋ってた時も、俺の名前呼んだよね」

「そっ、それはっ……」

「あるみのかわいいクセ」

「ち、千尋くん……！」

そう言って千尋くんは、優しく笑った。

いつの間にバレてたのか。

なんかもう、恥ずかしすぎる……。

「そういえば、アメ食いも頑張ってたみたいだしね」

起きあがって伸びをした千尋くんが、思い出したようにそう言った。

「ア、アメ食いも見てたの⁉」

「うん、最後に半べそかきながらゴールしたの」

「うぅ……なんともお恥ずかしい……」

「でも、あるみが一生懸命やってたの、ちゃんと見てたよ」

「千尋、くん……」

「どこ行こっか、明日」

「え、いいの？　あたしビリだったのに……」

「頑張ったことに順位は関係ないじゃん」

「……ち、ひろくん」

なんか、千尋くんに頑張ったって言われると、ホッとする。

だんだん夕暮れが近づいてきて、教室がオレンジに染まる。

「千尋くんと一緒にいれるなら、どこでもいい、よ」

放課後になってから着た、千尋くんのジャージの袖をきゅっとつかんだ。

きっと今、あたしものすごく赤い顔してる。

だけど、きっとオレンジの夕日に紛れてわからないだろう。

「リレー、頑張ったからワガママ言っていい？」

「わ、がまま？」

千尋くんがワガママだなんて、めずらしいかも。

そう思って首をかしげると。

「我慢できなそうだから。ちょっと大人なキスしていい？」

「ぅえっ……!?」

「ダメ？」

「だだだっ、ダメっていうかっ……大人なキ、キスってなに!?」

「え。だから舌と舌を」

「キャーッ！　ごめんなさいっ、やっぱり説明しなくていいです……ッ!!」

意外な千尋くんの発言で、さらにまっ赤になるあたしの顔。

だけど、わかってる。

こうやって確認をとってくれるのは、いきなりであたしを驚かせたり、傷つけたりしないためだって。

だから。

そんな千尋くんだから。

「ち、千尋くんになら……なにされてもいい、です……」

イヤじゃないって、思える。

「その言葉、忘れないでね」

しまった！　言質《げんち》をとられた……。

「ん……っ」

グイッとひっぱられて、重なった唇。

大変だった体育大会のあとの、ちょっと大人なご褒美《ほうび》の時間。

天然くんと図書室で

千尋くんがいないのだ。

いつもどおりの月曜日。

休み明けで、久しぶりに千尋くんに会えると思ったのに……。

昼休み、委員会の仕事で図書室へ向かう途中。千尋くんに声をかけようと三組に寄ったところ。

「宇治橋くんなら風邪でお休みだよ」

「……っぇえ⁉」

衝撃である。

まず、昼休みまで千尋くんがお休みということに気づかなかったことが、彼女として驚きである。

すぐさま『大丈夫？』とメッセージを送ってみたのだが、返事はまだ来ないし……。

相変わらず図書室には誰も来ないしで、ものすごくテンションが下がっているのだ。

「ち、ひ、ろ、く、んっと」

ヒマなので、カウンターの上にあったいらないプリントに、千尋くんの似顔絵を描いてみた。

なんか……ちょっと残念な絵になっちゃった。

これ千尋くんに見せたら風邪が悪化しそう……。

「あぁー……ダメだぁ」

いくら千尋くんのことを考えても、ちっともテンションは上がらない。

昼休み終了まで、残り三十分……。

さて、どうしようか。

——バンッ!!

「っ……!?」

残りの時間を考えてため息をついたところで、ドアのほうからいきなりそんな大きな音が聞こえた。

目を見開いて、ビクリと肩をはねあがらせる。

な、なに？　え、テロ？

すると、開いた扉からひょっこり男子の制服のズボンをはいた脚がチラチラと見え隠れする。

……もしかして。

そんなことは絶対ないのだが、やはりちょっとだけ期待してしまう。

いや、絶対にありえないのだけど。

「よっ……と……！」

もちろんあたしの淡い期待は一瞬にして打ちくだかれ、開けられた扉から大きな段ボールを抱えた男子生徒が入ってきた。

さっきの音は、段ボールで手がふさがってる彼が、脚であの重いドアを開けた音らしい。

「あれっ？　ひとり？」

「えっ……ぁ、はい」

抱えた段ボールのうしろから、ひょこりと顔を見せた彼。

明るい茶色のツンツン髪に、あたしと同じく見開かれたクリクリの丸い瞳。

身長はちょうど千尋くんと同じくらいで、雰囲気はクールというより明るそうな印象だ。

見たことがないようで、あるような……やっぱりない。

「キミは俺と同じ一年？」

よいしょっと、近くの読書用テーブルに持っていた段ボールを置いた彼。

あたしに視線を戻すと、首をかしげてそう尋《たず》ねた。

「ぇっと……はい」

「そっかそっか！　じゃあこれからよろしくなっ、クラス違うみたいだけど」

「……は、はぁ」

「ところでキミは、なぜこんな所にひとりでいるんだい？」

「図書委員だから、ですけど……」

「あ、そっかそっか！　いやぁ、えらいね！　若いのにしっかりしてて！　あれ？　同じ一年ってことは年齢も一緒か。あははははっ‼」

「………」

なんだろう、このノリ。

ついていけないのは、あたしがトロいせいだろうか……。

どうしていいかわからなくて、口をポカーンと開けたまま、笑う彼に視線を送る。

「ぅおっと！　そんなに見つめられたら照れるじゃないか！」

「みっ、見つめる……⁉」

たしかに冷ややかな視線を送った覚えはあるが、勘違いさせるような熱い視線を向けた覚えはない。

なんか、調子のよさそうな人だ……。

「な、なにか用事があったんじゃ？」

「はっ！　そうだった、そうだった！」

とりあえず、このまま話を続けてると埒《らち》が明かないので、とっとと用事をすませてもらおう。

あたし自身、明るい性格ではないから、こういうタイプの人と話すのはあまり得意じゃない。

「えーっと……！」

「うん」

「あれ……なにしに来たんだっけ？」

「ぇえっ……!?」

なんなんだろう、この人。

いや、本当に。

自分で図書室に来たのに目的忘れるって……。

あたしが言えた義理じゃないのかもしれないけど、ひょっとしてこの人は『バカ』なのだろうか……。

「その、それはなに？」

ついさっき、彼がテーブルの上に置いた段ボールを指差す。

あたしが思うに、その段ボールがなにか関係あるんだと思うんだけど……。

「うぉぉ！　そうだっ、これやこれや！」

どうして途中から関西弁なのかは、もうツッコまないでおく。

「なんかさ、うちの担任が図書委員会の顧問《こもん》らしいんだけど。昼休み教室で寝てたら『ヒマだったらちょっと手伝って』って、言われちゃって～」

うーん、と腕を組んで話しはじめる彼。

聞きたいのは、なんでここに来たかではなく、なにしにここへ来たのかなんだけど……まぁ、いっか。

「本当はめんどくさかったんだけど、俺には困ってる女性をほっとくことなんてできなかったんだ」

「や、優しいですね」

「ほめるなほめるな、照れるじゃないか！」

にやけながら首を横に振る彼。

うん、なかなか単純なお方である。

「そしたら、この段ボールを図書室まで運んでくれって！　いやぁ～、結構重くてまいっちゃったよ、あははははっ」

「で……その、中身は？」

ようやく本題に入ってくれて、ひとまず安心。

「新書の本だって！　箱から出して、開いてる棚に並べておいてくれって！」

「開いてる棚……あ、あそこかな？」

周りを見渡すと、図書室の奥にスペースの開いてる棚がある。

しかし、開いてるのは上の二列で、あたしがそこに本を並べるとしたら手が届かない。

ちょっとむずかしいミッションだ。

カウンターから離れて、段ボールの置いてあるテーブルへと向かう。

とりあえず、どれくらいの本が入っているのかたしかめるために、貼《は》ってあったガムテープをはがそうとするものの……。

――カリカリカリ……。

――カリカリカリ……。

は、はがれない。

ガムテープひとつはがせないあたしって……なんだか泣けてくる。

その時。

「貸してみ」

近くにいた彼が、そう言ってあたしの代わりにガムテープをはがしてくれる。

一瞬だけ、その優しいところが千尋くんを思い出させる。

なんでだろう。

タイプも、雰囲気も、全然千尋くんと違うのに。少しだけ、この人が千尋くんに似ていると思った。

バリバリっとすぐにガムテープをはがして、段ボールを開けてくれる。

「じゃーんっ！」

そう言って無邪気に笑った彼の顔は、絶対に千尋くんがしないような笑顔だったけど。

その温かさは、千尋くんと同じ。

顔立ちも普通にカッコいいし、笑うとクリクリの目がちょっとだけ垂れてかわいい印象を受ける。

困ってる人は放っておけないからって言ってたし、こうしてると、結構モテそうな感じだなぁ。

「え、なになに。また俺のこと見つめちゃって！　もー、照れるなー」

やっぱり訂正。

彼は黙ってると、いい人なんだと思う。

「あ、じゃあ……あとはあたしやりますから。ありがとうございました」

「いいよいいよ、お礼なんて！」

謙虚《けんきょ》に顔の前で手を横に振った彼だが、口もとはやっぱりにやけている。

「じゃあ、またねー！」

図書室のドアを開けながら、大きい声でそう言って出ていった彼。

あたしもペコリとお辞儀《じぎ》をして、そのうしろ姿を見送った。

そういえば、名前聞いてなかったなぁー……なんて思いながら、この本を届かない場所へどうやって並べようかと悩む。

「あっ！」

しばらくして、あることを思いつく。

そうだ、そうだ。

イスに上がれば、上の列だって楽々届くじゃないか。

どうしてすぐに気づかなかったんだろう。

そう思いながら、奥の本棚の近くにあったパイプイスを運ぶ。

本の入った段ボールは重くて持てなかったので、その中から何冊か持てる分だけ持っていく。

ちゃんとイスを汚さないように靴をぬいでから、ギシッと音をたてるパイプイスの上に乗っかった。

巻数順に新書の本を並べていきながら、ボーッと考えごとをする。

千尋くんは大丈夫なのかな？
もう返事来たかな？
あ、スマホ、カウンターに置いたままだっけ。
するとその時、タイミングよく、マナーモードにしてあったスマホが、ヴヴヴヴと
メッセージの受信を知らせた。
反射的に、そちらを向こうと身体をひねった瞬間──。
「……っ‼」
グラッと不安定に身体が揺れて、そのままもとの姿勢に戻れなくなる。
落ちるっ……！
そう思って、ギュッと目をつぶった。
──ドサッ！
──ガタンッ！
暗闇の中、自分が落ちた音とパイプイスが倒れた音が聞こえた。
……けど、なんか床がやわらかい。
あまり痛さを感じない。
なんで……？
ゆっくり、つぶっていた目を開くと……。

「……っぇえ⁉」

尻《しり》もちをついたあたしの下を見て、驚愕《きょうがく》する。

「あててて っ……あは、大丈夫？」

茶色のツンツン髪、苦笑いでこっちを振り向くクリクリの目。

どう見ても、さっき帰ったはずの彼である。

そして、今自分が尻もちをついているのは、そんな彼の背中だった。

「わ、ワープ……？」

「あはは、できたらすごいよね……」

「ほんっとに、ごめんなさい……！　ほ、保健室に……！」

「大丈夫大丈夫っ、ちょっとハラハラしたけど、痛いとこはないから！　気にしなーい」

「うぅ……ほんとに申し訳ない、です」

もう一度、うつむきながら謝る。

なぜか、一回帰っていったはずの彼が戻ってきていた。

その理由もわからぬまま、とりあえず彼の上からどいて頭を下げる。

状況はどうであれ、痛い思いするところを間一髪《かんいっぱつ》助けてもらったんだから、心から感謝すべきである。

「ど、どうしてまた……？」

「あー、帰ろうとは思ったんだけどさ」

ぽりぽりと人差し指でほっぺをかきながら、苦笑いする彼。

「やっぱ、ひとりで本並べるの大変かなぁって思って、様子見に来たんだけど……戻ってきてよかった」

「そ、そうなんですか……」

「扉開けた瞬間、もう落ちる間際だったからさ。全速力で走ってスライディングしちゃったよ！　あははははっ」

だからあたしが尻もちついたの、背中だったんだ……。

「足にだけは自身あるんだよね。運動するの大好きだし！　でも、もうちょっと速かったらちゃんと俺の胸で抱きとめられたのになぁ……あっ、セクハラで訴えないでね⁉」

「ぷっ……」

「え、今の笑うとこ？」

天然っていうか、無邪気っていうか。

わざわざ戻ってきてまで助けてくれた人のこと、セクハラで訴えるなんてしないのに。

「まぁ、笑ってもらえたみたいでよかった。笑顔が一番だよな！　ウンウン」

ひとりでうなずいてる彼を見て、また少し笑ってしまう。

「あの、本当にありがとうございました」

「お礼なんていいーってことよ！　俺も手伝うから、残りの本片づけちまおうぜ」

「えっ、ぁ……はい」

助けてくれた上に、手伝ってくれるなんて……。

お人好《よ》しなのだろうか。

いや、きっと困ってる人をほっとけないんだろうな。

千尋くんのいない日に、図書室で出会った優しい人。

「あの、巻数……逆です」

「えっ⁉　うぉぉ、本当だ！　最初からやり直しかぁーっ‼」

でも、やっぱり彼は天然くんだ。


——翌日。

「あ、れ？」

朝、学校に着くと見覚えのあるうしろ姿。

慌てて駆けよるあたし。

「あるみ」

こちらに気づいて、優しい声で名前を呼ぶ彼。

風邪のせいか少し声がかすれていて、マスクもしている。

週末もあわせてたった三日会えなかっただけなのに、胸が熱い。

すごく、久しぶりな感じがしてしまう。

「千尋、くん……」

「うん」

マスクの上からだけど、千尋くんが優しく笑った気がした。

「風邪、大丈夫なの？」

「昨日は熱あったけど、今日は引いたから。少し喉《のど》が痛いくらい」

「そっか……」

よかった、長引く風邪じゃなくて。

安心して口もとがゆるむと、千尋くんの右手があたしの頭の上にポンッと乗る。

「さみしかった？」

「……っ、すごく」

「素直だね」

「だって、本当のことなんだもん」

「俺もだよ」

「……っ」

なんだろう、この風邪を引いて弱ってる千尋くんの破壊力は。

艶《つや》のある黒髪がいつもよりシュンとしてるし、少し顔が赤い。

なんか……ちょっとセクシーじゃないか？

「あ、宇治橋ーっ！」

その時、あたしのうしろの生徒玄関から、陽気な声が聞こえてきた。

誰だ、あたしと千尋くんの感動的な再会を邪魔するのは。

「……一之瀬」

小さな声で、彼を見てつぶやいた千尋くん。

一之瀬？　一之瀬って……あの一之瀬くん⁉

顔は知らないけど、バイトのヘルプしちゃったり、体育大会ではりきりすぎてケガしたり。

あの有名な一之瀬くん？

慌ててあたしも彼のほうを振り向く。

「いやぁー、お前大丈夫かよ！　あれだぞ、風邪の時はネギをなんちゃらかんちゃらって、ばぁちゃんが言ってたぞ！」

「……」

元気いっぱいの一之瀬くんの大声は、病みあがりの千尋くんにはちょっとうるさいらしく……千尋くん、無反応です。

あれ、ていうかこの人……。

振り向いたあたしと、千尋くんに話しかけていた彼との視線が合う。

「あれ、昨日の図書室の子だよね？」

「……あっ、はい！」

目が合って気づく、彼は昨日あたしを助けてくれた命の恩人さんだと。

あれ……じゃあ？

「一之瀬……くん？」

「はーい！」

「あっ、あなたが一之瀬くん‼」

「え、逆になんでそんなにびっくりしてるの？」

なんとなんと、昨日の彼がずっと前からなにかと話題になっていた一之瀬くんだということが発覚したのだ。

「なに、お前ら知り合い？」

そんなあたしたちのやりとりを横で見ていた千尋くんが、不思議そうな顔をする。

「知り合いっていうか、命を助けてくれたの昨日」

「は？」

「俺のセクハラ疑惑を訴えないでくれたんだ、この子は」

「は？」

ますますハテナな顔をする千尋くん。

ともかく、説明はあとでするとして……。

「あ、あらためまして羽咲あるみです。昨日はどうもありがとうございました」

ペコリと頭を下げる。

「あ、いえいえ。こちらこそ一之瀬と申します。どうぞ、以後お見知りおきを」

そして、こちらもペコリ。

「……なんなんだ、お前ら」

図書室で出会った天然くんは、まさかまさかの一之瀬くんでした。

小悪魔な末っ子

いつもの放課後。

一緒に帰っていたあたしと千尋くんが、学校近くの公園を通りかかった時。

「はぁ!?　どういうことよ瑞穂《みずほ》ぉ！」

「どういうことって……まぁ、とりあえずお前とはもう終わりだから。じゃっ！」

「うそぉ……」

公園の中から、そんな内容の口論が聞こえて、あたしは何事かと首をひねらせた。

それと同時に、公園の出入口から制服を着た男の子が出てくる。

ふわふわで、無造作にセットされている黒の長髪。

ここらへんの中学校の制服であろうシャツの胸もとを大きく開けていて、少しだらしない印象だ。

じっと見ていたせいか、向こうもあたしたちのほうに視線を向ける。

大きくて丸っぽいチワワみたいな瞳と、筋の通った鼻、薄くて形のいい唇。

……あれ？　この顔。

いやいや、気のせいだ。

もう一度よく見てみようと、目を細めた時。

「……瑞穂」

隣の千尋くんが、彼を見てそうつぶやいた。

瑞、穂？

この人の名前かな？

さっきも、なんか女の子と口論してた時にそう聞こえたし。

じゃあ、彼は千尋くんのお友達？

うー……頭の中がハテナだらけだ。

「兄ちゃん！」

「にい、ちゃん……？」

たしかに彼はそう言った。

聞きまちがいじゃないことを確認してから、隣の千尋くんを見ると。

「あれ、俺の弟」

目の前に立っている彼を指差して、そう言った。

千尋くんの、弟……？

「あれってなんだよ！　指差すなっつの」

プンプンとほっぺをふくらませてこっちへ歩いてくる、彼、もとい瑞穂くん。

どうやら、あたしがさっき、彼が千尋くんに似てると思ったのは、勘違いじゃなかったらしい。

「お？　兄ちゃんの彼女？」

あたしたちの目の前に立った瑞穂くんは、千尋くんの隣に立っているあたしを見てそう言った。

身長は、一六〇センチのあたしより少し高いくらいである。

近くで見ると、やはりちょっとだけ千尋くんの面影《おもかげ》がある。

「うん」

「ふーん、そうなんだ」

グイッとまた顔を近づけると、そのまま品定めするかのようにあたしをガン見してくる。

うぅ……なんか、すごい緊張するんだけど……。

「BかCってところか」

「……え？」

今、彼はなんと？

言葉の意味が理解できずに固まると、瑞穂くんの頭にガーンッと千尋くんの拳《こぶし》が落ちた。

「いってぇぇえっ‼」

殴《なぐ》られた頭を押さえて、思いっきり顔をゆがめた瑞穂くん。

そして、加害者であるにもかかわらず、千尋くんは涼しい顔で彼をにらんでいる。

「勝手に人の彼女の胸のサイズを予測するな」

「ち、千尋くんっ……！」

そして、その言葉でやっぱりそのことだったのかと理解した。

……恐るべし、千尋くんの弟くん。

「ちなみに、Cもない。Bだ」

……恐るべし、千尋くん。

勝手に答え合わせしちゃうとか、もう泣いちゃおうかな……。

「ってって……。最近いいことねぇな、俺。殴られるし、ついさっき女とは別れちゃったし、殴られるし」

「二回『殴られるし』を言ったのは皮肉のつもりか」

「というわけで、兄ちゃんの女誰かくれよ。ひとりくらい分けてくれたっていいだろ」

「まるで人に女がたくさんいる、みたいな言い方するな。どっかのバカが勘違いするから」

「千尋くんっ、あたし以外にも彼女が……⁉」

「ほら、見ろ」

という感じで千尋くんの弟、あらため宇治橋瑞穂くんと初対面したあたし。

千尋くんに弟がいるの、初めて知った。

というか、千尋くんの家族構成もいまだに知らない。

ついでに言うと、千尋くんの家って、まだ行ったことなくないか……？

あれ、あたし彼女だよね？

もうすぐ付き合って二ヶ月半になるよね？

という、THEネガティブ思考に陥《おちい》るはめに。

「あるみ？」

千尋くんは普通にあたしの家には来るけど、よく考えたら千尋くんがどこに住んでるのかすら知らない。

千尋くんの家に行きたいって言ったこともないし、千尋くんが誘ってくれたこともない。

　これって、彼女として大丈夫なのか？

　そう思って、あわあわしはじめた時。

「あるみ、今からうち来る？　コイツもいるけど……」

「千尋くん、の家……？」

「うん。ここで立ち話してるの、疲れたし」

というわけで急遽《きゅうきょ》、初めて千尋くんの家にお邪魔することになりました。

ガチャリ。

「たっだいまー」

千尋くんがドアを開けると、そう言ってうしろにいた瑞穂くんが先に中へ入っていく。

「お、お邪魔します……」

「どーぞ」

続いて、千尋くんがドアを押さえてくれてる間に、あたしもペコリとお辞儀《じぎ》をして中へ入った。

初めて来た千尋くんのおうちは六階建てのマンションの五階、一番奥のつきあたり。

玄関に置いてあった爽やかな香りの芳香剤が、鼻をくすぐる。

ここが、千尋くんのおうちかぁ。

「えーっと、どーすっかな……」

「ご、ごめんね。いきなり来ちゃって」

「いいよ。来いって言ったの俺だし」

「で、でも、家族の人とか困らない？」

ていうか、初めて千尋くんのおうちに来たのにあたし制服だし。

学校帰りのままだし……。

「あー、うちの親、仕事で海外にいるから」

「あ、そうなの？」

ていうことは、千尋くんはこの家に誰と住んでるのかな？

不思議に首をかしげたところで、それを悟ったように千尋くんが教えてくれる。

「社会人の兄貴と、俺と、瑞穂の三人で住んでんだ」

「えっ、お兄さんいるの？」

「うん、今は仕事でいないけど」

「へぇー！」

千尋くんはもちろん、瑞穂くんもカッコいい顔立ちしてるし、いつかそのお兄さんも見てみたいなぁ。

「まぁ、ってことで女っ気もなんもねぇ家だからな。リビングは散らかってるし……とりあえず、俺の部屋にでもいるか？」

「えっ、千尋くんの部屋……ですか⁉」

「なにをそんなにびっくりしてるんだよ」

「だ、だって……」

いや、べつに千尋くんも普通にあたしの部屋入ったことあるし。

彼女が彼氏の部屋に入るのは、全然まったく普通のことだし……。

でもっ、でももしかして！

千尋くんの部屋なんて……あたしが入っていいのかな。

「もうめんどくさい。いいから来いって」

「わわっ……！」

眉間にしわを寄せた千尋くんが、悩んでるあたしの腕をひっぱる。

「あっ、あの！　まだ心の準備が……！」

「なんの準備だよ」

広めの廊下を、千尋くんにズルズルと引きずられながら進んでいく。

千尋くんの部屋らしきドアを開けると、背中を押されて中へ入れられた。

千尋くんは、時に強引である。

「なにか飲み物持ってくるから、適当に座ってて」

「あぅ……あ、はい」

パタン、とドアが閉まって千尋くんの足音が遠のいていく。

というわけで、初・千尋くんの部屋に入ってしまった。

とりあえず、部屋の中を見渡してみたり……。

無駄なものはなく、基本黒か白の家具。

唯一青のベッドカバーだけが部屋の中で、映えている。

入ってすぐの所にある本棚には、なんだか頭のよさそうな本がいっぱい並んでいたり。

ガラスのローテーブルの上には、今朝時間がなかったのか、まだ片づけていないマグカップが置いてある。

「ち、千尋くん……っぽい」

匂いも、雰囲気も、全部が全部千尋くんだ。

そこで、ふと思い出す。

いつぞや、当時付き合っていた彼氏の家に行った時の、ヒメちゃんの言葉を。

『なんか、彼氏がトイレ行ってて。たまたまベッドの下に落としたピアス転がってっちゃったんだよねぇ。そしたらさ、もうドン引き！　ベッドの下にめっちゃエロ本隠してあったの！　一冊や二冊くらいなら普通だと思うけど、あの量は引いたね！』

『えっ、一冊や二冊持ってるのって普通なの!?』

『男子はみんな持ってるっしょ！　避けては通れない道だよね～』

『……そう、なんだ』


「――いや、いやいやいやっ！」

まさか、千尋くんがそんなこと……。

たしかに、千尋くんの存在が時々エロいとは感じるけど、下ネタとか聞いたことないし。

で、でもヒメちゃんは普通の男子なら持ってるって言ってたし……。

チラリとドアのほうを見て、まだ千尋くんが来ないことを確認する。

ちょっと、見てみるだけならいいよね……？

神様、仏様、千尋くんごめんなさい！

いったん深呼吸して、近くで見るのは恐れ多く、そーっと遠くからしゃがんでみると……。

「兄ちゃんはエロ本持ってねーぞー」

「ヒィッ……！」

「見ーちゃった」

「瑞穂くん……」

うしろから声が聞こえて、慌てて振り返るとそこにいたのはニヤニヤしながらこっちを見ている瑞穂くん。

いつの間にいたんだ……。

ていうか、見られたよね、完璧に⁉

「あ、あの……ぇーっと」

「残念だけどそういうのには興味ないらしいよ。俺のでいいなら部屋にあるけど、貸そうか？」

ニヤリ、とおもしろそうに口角を上げる。

千尋くんもよくする表情だ。

「い、いえっ！　結構です……っ」

「ぷはっ、おもしろいよね。えーと、名前なんだっけ？」

「あ、の……羽咲あるみ、です」

「そ。俺、もう知ってると思うけど瑞穂。中三ね」

「……よ、よろしく？　瑞穂くん」

「よろしくね、あるみ」

中学三年生の子に、初対面で呼び捨てにされちゃうって……あたしには年上としての威厳《いげん》がないのだろうか……。

いや、べつにいいのだけれど。

「ねぇ」

「は、はい……？」

ちょっと落ちこんでいると、ドアのそばにいた瑞穂くんが、あたしの近くに来て数センチ高い所からあたしを見おろす。

「その怯《おび》えるような顔、俺好きだなぁ」

「……っえ⁉」

なに、なに⁉

なんなんだ……⁉

この『見おろす中三×見おろされる高一』の図は。

「み、ずほ……くん？」

「あ、そろそろ兄ちゃん戻ってくるね」

「ぁ……え？」

「続きはまたにしよっか」

……続き？　続きってなに⁉

妖艶《ようえん》に微笑んだ瑞穂くんは、とても年下には見えないほどに大人びていた。

「なんかあったら俺の部屋、隣だから。いつでも会いにおいで」

なんだか、瑞穂くんは、これからトラブルを起こしそうな小悪魔……みたいです。

きた。


「なんで立ってるの？」

「いや、あの……どこに座ればいいのかと……」

「ふ、いいよ。どこでも」

小悪魔・瑞穂くんが部屋から出ていくと、すぐに飲み物を持った千尋くんが戻って
きた。

とにかく、今はさっきの出来事で頭が混乱中なのだけれど、千尋くんを見たらなん
だかホッとした。

「口もと、ゆるんでる」

「っえ、ウソ」

「なに考えてたの？」

「べっ、べつに」

「まぁ、いいけど」

そう言った千尋くんは、飲み物をテーブルに置くと、ベッドのすぐわきに座ってい

るあたしの隣へ腰を下ろす。

前にはテーブル、うしろにはベッド、横には千尋くん。

な、なんか緊張する……。

「暑い？」

「……え？」

「顔、赤いから」

ほんのわずかな距離から、あたしを見ている千尋くん。

その手の指先が、そっとあたしのほっぺたにふれた。

「っ、千尋くん手冷たい……」

「俺、体温低いんだよね」

ひんやりとした千尋くんの体温が、指先からじんわり伝わる。

冷たい。

冷たいけど、安心できて心地いい。

「……大好き、千尋くん」

気づいたら、そんなことをつぶやいていた。

「どうしたの、急に」

「……わかんない」

「変なあるみ」

うん、変でもいい。

バカだと思われてもいいから、ずっと千尋くんのそばにいたい。

ほっぺたに添えられている千尋くんの手に、ゆっくり自分の手を重ねる。

「重い、かもしれないけど、ね……あたし、きっと千尋くんがいなくなったら、生きていけないかもしれない」

なんでそんなことを考えたのかは、わからない。

だけど、本当にそうだと思うんだ。

千尋くんと過ごしたのは、まだほんの数ヶ月だけど。

その数ヶ月で、確実に千尋くんはあたしの中の大きな存在になっている。

だけど、その分不安で仕方ない。

いつか……千尋くんと離れなきゃいけない時が、来るかもしれないって。

このままでいたい。

できることなら、このまま……。

だけど、『ずっと一緒にいようね』とか『絶対に結婚しようね』とか、そういう言葉は簡単に口にしちゃいけないものだと思う。

口だけの約束なんて、したくない。

千尋くんが誰と時を過ごすかは、あたしが勝手に決められることじゃないから。

千尋くんのことが大好きで、大好きで、大好きだから。

千尋くんの人生を、あたしの気持ちだけで決めちゃいけない。

千尋くんが一番幸せでいられるなら、あたしは彼がどんな選択をしてもまちがってるとは思わない。

だから、『ずっと一緒にいようね』なんて言わないよ。

ただ……。

きっと、その時あたしは……。

「俺は生きていけるよ」

あたしに視線を向けたままの千尋くんがそう言う。

「だって、あるみは俺の隣からいなくならないでしょ？」

「ち、ひろくん……」

「だから、俺もあるみの隣からはいなくならないよ」

「……っぅん」

少し、深く考えすぎたのかもしれない。

優しく口角を上げて微笑む千尋くんを見て、そう思った。

「だから、そんな泣きそうな顔しないで」

「ぅん……っ」

「あるみの泣き顔見ると、こういうことしたくなるから」

「……っ」

静かにくっついた千尋くんの唇は、指先の何倍も温かかった。

千尋くんとの恋愛に、理屈はいらない。

もう少し、安心してもいいのかもしれない。

「あるみ」

そうやって優しくあたしの名前を呼んで、こうやって優しくギュッとしてくれる、千尋くんの笑顔がすぐそばにあるから。

「………」

目を開けた時、自分の今置かれている状況を理解しようと、開いたばかりの目をパチパチさせる。

そこにあるのは、閉じられたまぶた。長いまつげ。キレイで白い肌。少し開けられたままの薄い唇。

あれ……？　これ、千尋くん？

「っ……!?」

状況を把握したところで、慌てて起きあがる。

自分が今いるのは、青いシーツがかけられた千尋くんのベッドで、隣にいるのは静かに寝息をたてている千尋くん。

よく、覚えてはいないのだけれど……どうやらあたしは、千尋くんの部屋で寝てしまっていたらしい。

微《かす》かに覚えているのは、意識がなくなる前にいたのはベッドの下で……。

そのままなんだか千尋くんの体温に安心しちゃって、とろーんと……うん、完璧に寝てしまっていたらしい。

ということは、千尋くんがベッドの上に運んでくれたってこと……？

ど、どーしよう！

あたし、重いのに‼

「は、恥ずかしい……」

千尋くんの寝息だけが聞こえる部屋で、赤くなる顔を覆《おお》ってポツリとつぶやいた。

チラリ。

隣で横になっている千尋くんを見る。

さっき近くで見た時もだけど、本当にキレイな顔してるんだなぁ……。

なんて、ちゃっかりポケットに入ったままのスマホを取りだして……。

千尋くん、ごめんね。

――カシャッ。

「一枚くらい、いいよね……？」

うまく撮れた千尋くんの寝顔が映るスマホの画面を確認する。

宝物がまたひとつ増えたことに、いつの間にか口もとがゆるんでいた。

「……」

「お、はよう……ございます」

「……俺、寝てた？」

「う、うん」

「そっか……おはよ」

しばらくして目覚めた千尋くん。

まだボーッとした様子で、首をかしげている。

「寝グセついてるよ」

「ん」

むくりと起きあがった千尋くんの髪の毛は、ところどころはねていて。

そっと手を伸ばして優しくなでながら直してあげる。

少しくすぐったそうに目を細めた千尋くんは、なんだか子犬みたいでかわいい。

「よくわかんないけど、もうちょっと」

「え？　ぁ……わっ！」

不意に伸ばしていた手をつかまれて、そのまま千尋くんに引きよせられた。

そのままぼふっとベッドに寝転がると、もう片方の手でギュッと千尋くんの胸に顔を押しつけられる。

「あ、あの……」

「うん」

「千尋くん……」

「うん」

「し、心臓が苦しい……」

「ごめん、きつくしすぎた？」

ふわり、千尋くんのあたしを抱く腕の力がゆるむ。

そのおかげで、千尋くんの顔を見あげることができたわけだけど……。

「そ、そうじゃなくってね……」

「ん？」

「きょ、距離が近すぎて……」

まっ赤な顔で、寝転がったまま見あげた千尋くんに言う。

だ、だって、目が覚めたと思ったら、隣で千尋くんが寝てるし。

千尋くんが起きたと思ったら、いきなりこんな抱きしめられちゃうし。

「つまりドキドキしてる、ってこと？」

「うぅ……は、い」

あたしの顔を見て、クスリと妖艶に微笑んだ千尋くん。

「かわいいやつ」

「……っ！」

なんなの、なんなのこれは。

こんな胸キュンな千尋くん。

日々苦労してるあたしへのご褒美？

「あ、あのねっ……」

「ん」

——ダダダダッ！　ドガッ！　ダダダッ‼

その時、千尋くんの部屋の外、廊下あたりからただごとじゃない物音が聞こえて
……。

——バンッ！

部屋の扉が、勢いよく開かれた。

「千尋、大変だ……っ！　玄関に女の子の靴が……」

「……兄貴」

「あっやべ」

「えっ……ぁ、ぅ」

扉の前で、あごがはずれそうなくらい大口を開けたまま固まっている、誰か。

モデルみたいな一八〇センチ近い高身長に、ゆるくパーマのかかった黒髪。

面影のある整った顔立ち。

誰かっていうか、たぶん、おそらく、あたしの勘だと……。

「ち、千尋くん……もしかして？」

「……これ、一番上の兄貴」

もう一度、千尋くんに移した視線を、扉の前の彼に戻す。

千尋くんにベッド上で抱きしめられたまま。

保護者同然である宇治橋家の長男さんと、ご対面です……。

「ご、ごめんなさい……いきなりお邪魔してて」

「いやいや‼　こっちこそ、なんか最中にお邪魔しちゃったみたいで」

「ちっ、違う……⁉」

場所をあらため、千尋くんの部屋からリビングへ移動したあたしたち。

テーブルをはさんで向かい側の床に座っている千尋くんのお兄さんと、その向かいに座るあたし。

千尋くんは、あたしのいるすぐうしろのソファーに寝転がっている。

「最中って……どのあたり？　服着てた？　まさかあるみ下着姿だったりして」

「いや、残念だが服は着てたな。しかし千尋の手はあるみちゃんの胸あたりに……」

ハッ！　断じて俺は見ていない‼」

プラス、変な茶々を入れて千尋くんのお兄さんを変な方向へ持っていく瑞穂くん。

なんだかんだで、宇治橋家の三兄弟が集合してしまい。

予想外のご対面となったわけだが……。

「いやー、本当にこれからって時に邪魔してごめんな！　うちに女の子の靴があるなんて、もうそりゃ驚くのなんのって‼」

「べ、べつにこれからって、とかじゃないんで……！」

ただ千尋くんと一緒に寝てただけだし……。

いや、それも誤解させてしまったこと自体が問題なんだろうけど。

「千尋は昔っから女の話とか俺には絶対に教えてくれねぇし、瑞穂はいろんな女と遊んでるみたいだけど、家知られると面倒だーとか言って、連れてきてくれねぇし」

「は、はぁ……」

「いやぁ、でも安心したよー。こんなにかわいい子が千尋の彼女で！　あれ、彼女で合ってる？　まだそういう関係じゃない？」

「彼女、ですっ……たぶん？」

我ながらそこを強く言えないのが、なんか悲しい……。

それにしても、千尋くんの兄弟みんなそろってみると、それこそ顔はそっくりでも、雰囲気とか、性格とか、全然違うもんなんだなぁ。

そう思いながら、目の前にいる千尋くんのお兄さんの顔をまじまじと見つめてみる。

「あの……そんなに見つめられると照れるんだけど……」

「……あ、すみません」

なんか、同じようなこと言う人、千尋くんの友達にもいたな。

「あ、そういえば自己紹介まだだったよな？」

「あっ、はい……」

ゴホンッと咳払いをしてから、一瞬マジメな顔になる千尋くんのお兄さん。

「宇治橋熾音《しおん》。ご存じのとおり千尋と瑞穂の兄で、いちおう社会人です。歳はまぁ……四捨五入してハタチかな！」

「なんだよ四捨五入って。普通に二十三歳って言えばいいだろ」

そんな彼に横からツッコんだのは瑞穂くん。

「瑞穂いいか？　最近の若者、とくに女子高生なんかは二十代でもおじさんって言うらしいぞ。そんな悲しい事実を受け入れる勇気、俺にはない！」

「胸張って言うことかよ。つーか、その発言自体がすでにおっさんだよ」

「な、なんだと……!?」

なんていうか……堅物《かたぶつ》そうな人じゃなくてよかった、かな。

「あるみちゃんは、千尋と同じ学年かな？」

「あっ、ぇ……と。羽咲あるみ、です。千尋くんと同じ一年生で、お付き合いさせてもらっています！　た、たぶん！」

人見知りなもので、赤面しながらもそう言って頭を下げる。

バシッ。

「あた……っ!!」

が、なぜかうしろから雑誌かなにかで軽く叩かれた。

もちろん犯人は千尋くん。

「さっきから、たぶんってなんだよ」

「え、いや……勝手に断言しちゃうと、図々しいかなって」

「べつに、付き合ってんだからいいだろ」

「じゃあ、千尋くんの彼女……って言っても、いいの？」

「ん」

「そっ……か」

ちっちゃくうなずくと、くしゃりと千尋くんに頭をなでられた。

「なんか最近兄ちゃんがやわらかくなったと思ったら、原因はこれか」

「あるみちゃんパネェ」

「……古いよ、兄貴」

そんなあたしたちを見た瑞穂くんと熾音さんが、コソコソと話す。

まぁ、会話は丸聞こえなのだが。

「あるみちゃん」

はたまたマジメな顔つきになった熾音さんに呼ばれて、視線を戻す。

じっとこっちを見つめる熾音さんは、やっぱり千尋くんに似てカッコいい。

いや、この場合は千尋くんが熾音さんに似て、カッコいいと言うべき？

って……そうじゃなかった。

「こんな弟ですが、どうか末永くよろしくお願いいたします」

「えっ……!?」

まるで嫁入り前の挨拶じゃ……!?

いきなりそんなことを言われても……いやいや千尋くんが嫁《とつ》いでくれるなら、いつでもウェルカムだけど……。

って！　普通嫁ぐのは女のあたしじゃないの!?

「えっと、うー、んと……」

「兄貴、いきなりそんなこと言ったらあるみパニクるから」

頭を抱えて悩むあたしに、千尋くんが助け船を出してくれる。

「あ、いや、そういうつもりで言ったんじゃないんだけどね」

「あるみは普通の人より単純で頭が足りてないんだよ」

うん、それは決して悪口とかじゃないんだよね。

千尋くんなりのフォローとして受け取っておこう。

「ていうか、あるみ帰らなくて大丈夫？　もうすぐ七時だけど」

思い出したように千尋くんがスマホを見てそう言った。

そっか、寝ちゃったりもしたから、もうそんな時間なんだ……。

そろそろ帰らないと、千尋くん家の迷惑に……。

——ぐぎゅぅぅう……。

「……あ」

ちょっと、タイミング悪いぜ、あたしのお腹。

いっせいに集まる宇治橋三兄弟の視線。

は、恥ずかしい……！

「よかったらおうちの人に連絡して、うちでごはん食べていかない？」

にっこり、笑みを浮かべながらそう言ったのは熾音さん。

「い、いえ！　初めて来たおうちでそんな図々しいこと……」

「いーじゃんいーじゃん、うちで食ってけば？　あるみ」

「み、瑞穂くん……でもっ」

「あるみのお母さんに電話しといたから」

「千尋くんいつの間に……!?」

あなどりがたし、宇治橋三兄弟。

でも……。

ぐぎゅるる……。

やっぱり空腹には勝てないかな。

「じゃ、じゃあ……ごちそうになります」

それに、もう少し千尋くんといられるし、ね。

妬《や》いてほしかったから

「ごめんね、遅くまで引きとめちゃって」

「いっ、いえ！　こちらこそ勝手にお邪魔したうえに、晩ごはんまで……」

時刻は、八時過ぎ。

熾音さんお手製の晩ごはんをごちそうになって、皿洗いをお手伝いし終わってから、そろそろおいとますることに。

「本当においしかったです。ごちそうさまでした」

玄関で、もう一度深く頭を下げる。

いえいえと笑顔を見せる熾音さんのうしろから、今度は千尋くんがやってくる。

「アホか、カバンうちに置いてく気か」

「あ……」

そういえば、千尋くんの部屋に置いたままだった。

こういうことがあるから、千尋くんに単純だとか頭が足りないだとか言われても、否定できないんだとあらためて思う。

「本当にいいのか？　もう夜も遅いし、なんなら車出すけど」

「ん、大丈夫。ちゃんと家まで送るから」

「そっか」

靴を履きながらそう言った千尋くんは、あたしのカバンを持ったまま玄関のドアを開けてくれた。

「あとは忘れ物、ない？」

「ない……たぶん」

「あるみのたぶんは頼りないね」

「……否定できない」

ちょっと千尋くんに意地悪を言われながらも、開けてくれている玄関から出る。

「し、熾音さん、お邪魔しました」

「うん、またいつでもおいで」

入口で見送ってくれている彼にもう一度お辞儀をしてから、ドアは閉められた。

そのまま、千尋くんとは他愛もない会話をして、エレベーターで一階まで降りる。

「……あ」

その時、ロビーの向こう側の入口から歩いてくる女の人を見て、千尋くんがそんな声を漏らした。

……だ、れ？

こっちのエレベーター側へ歩いてくる彼女を、あたしは目を凝らして見てみる。

「……！　千尋ちゃん⁉」

……千尋……ちゃん？

あっちもあたしたちの存在に気づき、そう千尋くんの名前を呼んで小走りしてくる。

……かわいい、人。

こっちへ向かってくる彼女を見て、そう思った。

小柄で、着ている花柄のシフォンワンピースがよく似合うその人。

あたしと千尋くんの前で立ち止まると、まるで少女マンガの主人公のような無垢《むく》な笑みを浮かべた。

でも、右耳の横でふわふわのおだんごにされたキャラメル色の髪が、ちょっとだけ大人っぽい印象も見せる。

「……梓《あずさ》さん」

いつもと変わらぬ様子でそうつぶやいた千尋くん。

なんでだろう。

ちょっとだけ、胸がモヤモヤする。

「千尋ちゃん、こんな遅くにどこ行くの？」

そう言ってほぼすっぴんだけど、ちょっとだけナチュラルメイクがほどこされている丸い瞳を、千尋くんに向ける。

そこでようやく隣にいたあたしの存在にも気づいたらしく、今度は視線をこちらに向けた。

べつに、その視線に敵意や嫌悪な様子はなく、ただ純粋な瞳であたしを見ている。

なのに、なぜかあたしは彼女と同じように素直な態度がとれなくなってしまう。

「あれ……？　もしかして千尋ちゃんの彼女さん⁉」

一瞬驚いた顔を見せて、笑顔で千尋くんに問いかける。

そんな様子を、あたしは黙って見てるしかない。

「つーか、いつも言ってるけど。その『ちゃん』づけいい加減やめてください」

「えーだって、千尋ちゃんはわたしにとっていつまでもかわいい存在だし」

「かわいくなくて結構」

「もう、本当かわいいなぁ」

「話聞いてます？」

えへへ、と純粋に笑う彼女は、次にあたしのほうへと身体を向ける。

「えっと……千尋ちゃんの彼女、かな？」

「……は、ぃ」

さっき千尋くんに、たぶんは言っちゃダメって言われた。

だけど、やっぱり自信を持ってあたしに断言することはむずかしくて、声が小さくなる。

「あのね、あたしは……」

「梓さん」

梓さんという彼女があたしになにか言おうとしたところで、千尋くんが言葉を遮《さえぎ》る。

「なぁに？　千尋ちゃん。あたし今から彼女さんに自己紹介と挨拶をしようと……」

「今日はもう遅いし、これからコイツ送んなきゃいけないから。それは今度にしてください」

「あー、そっか。千尋ちゃんも彼女さんもまだ高校生なんだもんね」

べつに、悪気があったわけじゃないのに。

その言葉が『まだ子ども』と言われてるみたいで、ちょっとイヤだった。

「コイツ送ったら戻るんで、うちに先に行っててください」

千尋くんがそう言って、梓さんがわかったとうなずく。

その動作が、スローモーションに見えた。

うちって……？

梓さんは同じマンションの住人とかじゃないの？

千尋くんに会いに、このマンションに来たの？

ふたりは、どういう関係？

わかんない……わかんないけど。

あたしの知らない女の人と、なんだか親密そうな関係の千尋くんが……なんだかイヤだ。

今この胸の中にある、モヤモヤしてる曇った感情も。


今日は晴れてて、星空がキレイだ。

まだ上がったばかりの夏の大三角が、ちょっとだけ見える。

たぶんあれはベガ、あれはアルタイル、あれはデネブ。

三点の星を結んだ細長い三角形だ。

隣で千尋くんの足音を聞きながら、空ばかり見あげて歩いた。

「夏の大三角のうち、ベガは織姫《おりひめ》でアルタイルは彦星《ひこぼし》なんだって」

いつの間にか同じく空を見ていた千尋くんがそう言った。

「もの知りだね、千尋くん……」

さりげなく、小さな声でそうつぶやいたつもりだったけど、我慢できなかった。

「あるみは泣くのが趣味なの？」

「ほっ……ほっといて、ください……っ」

ゆっくりほっぺたを涙が伝ったのが、自分でもわかった。

人通りや住宅は少ないけど、近くに小さな公園があるため外灯が多い。

こんなに明るくちゃ、泣いてるのなんて丸見えだ。

「……っ、ごめん、ね」

やだ。

なにかあるといつも泣いてばっかしで、それさえ我慢できない弱虫な自分がきらいだ。

とくにイヤなことをされたわけでもないのに、勝手にこんな暗い感情を持ってる自分がきらいだ。

自分でもわかる。

あたしはめんどくさい子なんだって。

それでも今まであたしに付き合ってくれた千尋くんは、やっぱりすごく優しいんだと思う。

泣きたくない、泣きたくない、泣きたくない。

だけど、涙は止まってくれない。

胸の中の不安は、なくなってくれない。

「ち、ひろくん……っ」

だけど、こんな時でさえあたしは千尋くんを想ってしまう。

「あるみ」

優しくそう呼んだ千尋くんは、一生懸命涙をぬぐうあたしの手をひっぱって、そのままギュッと腕の中に閉じこめた。

「千尋くっ……涙ついちゃうっ」

「大丈夫。きっとあるみは俺の服汚さないために、泣きやんでくれるはずだから」

そんなムチャブリ……できません……っ。

だけど、千尋くんの腕の中はやっぱりいつもと変わらなかった。

暖かくて、優しくて、安心できて。

離してほしくない。

そんなワガママを思っちゃうくらい。

「また被害妄想？」

「っ……お、おおまかに言うと」

「梓さんのことでしょ」

「……は、い」

千尋くんの腕の中で、正直に白状する。

でも、なんで泣いてるかを知ってて聞いてくる千尋くんも、結構意地悪だ。

「教えてあげよっか？　梓さんとどういう関係なのか」

「ぜっ、ぜひ……！」

「ショック受けない？」

「えっ……ショック受けるような内容、なの？」

クスクスおかしそうに笑う千尋くん。

なんでそんな余裕なんだこの人は。

ぅ……な、なんかまた泣きそう。

「兄貴の彼女だよ。梓さんは」

口角を上げて、そう言った千尋くん。

千尋くんの腕の中から彼を見あげているあたしは、目を点にして状況を理解しようとする。

……兄貴、織音さんの彼女？

千尋くんが梓さんを「さん」づけで呼んでいるのは、彼女が年上だから。

梓さんが千尋くんをかわいいと言ったり、「ちゃん」づけで呼んだりしているのは、千尋くんが彼女にとって弟みたいな存在だから。

千尋くん家のマンションに来たのは、織音さんに会いに来たから。

本当だ……。

それなら、全部納得がいく。

ということは……。

「も、もしかして千尋くん……あたしが梓さんのこと気にするってわかってて、自己紹介させなかったの？」

ロビーで会ったあの時、あたしに自己紹介しようとした梓さん。

自己紹介するくらい、ほんの立ち話で何分もかからないはずなのに、それを制した千尋くん。

もしあそこで彼女が熾音さんの彼女だってわかっていたとしたら、こんなことにはならなかったのに。

「うん」

今度はニヤリ、と意地悪そうに笑う。

「ひ、ひどい……！」

「でもそこで気づかなかったあるみもバカじゃない？」

「っバカ……!?　鬼だ……千尋くんひどすぎる」

あんなに悩んだのに、あたしはただ千尋くんに遊ばれていただけだと知って、ショックを受ける。

千尋くんめ……。

さっきの乙女の複雑な気持ちを返せ……！

むくれながら、見あげた先の千尋くんをにらむ。

クスリと笑った千尋くんは、そのままあたしの耳もとに唇を落とした。

——だって、あるみに妬いてほしかったから。

いつだって千尋くんはずるい。

そんな小さなひと言で、あたしのご機嫌をとってしまうんだから。

無事、心のモヤモヤが晴れてもう一度見あげた星空は、なんだかさっきよりキレイな気がした。

「織姫と彦星みたいな、運命のふたりっていいよね」

「俺はやだよ」

「え？」

「あるみと一年に一回しか逢えないなんて」

ねぇ、恋って?

その日の放課後は、とくに千尋くんと約束もしてなかったので、ひとり呑気《のんき》に学校からの帰り道を歩いていた。

来週には夏休みに入ろうとしてる、まさに真夏。

いちおう学校から出る時に日焼け止めは塗ったのだが、あまりにも日差しがジリジリと強いため、半袖から出ている腕を見て焼けていないか不安になる。

黒くなるのもイヤだし、焼けたあとのお風呂が一番イヤだ。

湯船に入る時のあの痛さは、できればご遠慮願いたいところである。

そんなことを考えながら、帰りの道中にある公園を横切ろうとした時。

「あっるみー‼」

小悪魔の声が聞こえた気がした。

「瑞穂くん……」

振り返るとそこにいたのは宇治橋家三兄弟の末っ子。

小悪魔・瑞穂くんである。

ニコニコしながら座っていた公園の花壇《かだん》を降りると、中学の夏服であろう半袖のカッターシャツに黒のスラックス姿でぴょんぴょんとはねるように駆けよってくる。

暑いせいか多めに開いている首もとからは、控えめで繊細《せんさい》なネックレスが見えている。

「久しぶり」

「う、この前千尋くんの家にお邪魔した時以来だね」

偶然会ってしまっただけなので、ちょっとした会話をしてお別れしようと思っていた。

こうして瑞穂くんと直接話すのは今日で二回目だし、それほど親しい仲でもない。

なにより、前に千尋くん家に行った時に、なにやら身の危険を感じたのを覚えているからだ。

なのに。

「もうー、待ちくたびれたじゃんか」

「…………」

はて？　待ちくたびれたとは？

当たり前のように言った彼の言葉に、ポカンと固まった。

なぜなら、その『待ちくたびれた』という言葉は、待ち合わせをした時にしか使わないからだ。

「あれ？　あるみー？」

固まるあたしの顔の前で、瑞穂くんがヒラヒラと手を舞わせる。

ハッとして瑞穂くんの目を見ると、そこにあるのは純粋かつ悪意のない澄んだ瞳。

「あ、あたし瑞穂くんと待ち合わせとかしてた……？」

「ううん、全然」

「で、でも、待ちくたびれたって……」

「うん、ここであるみが来るの待ってたの。連絡先とか知らないし。前ここであるみに会ったから、今日もここにいたら会えるかなーって」

そう言った瑞穂くんは、千尋くんだったら絶対に見せないような、とびっきりのスマイルを見せてくれる。

「あ、たしに会いに来たの……？」

「そうだよ」

「なんで……？」

「遊んでもらおうと思って！」

「……？」

言葉の意味を理解しようと、明後日《あさって》の方向を向いて考えてみる。

しかし答えにはたどりつかない。

千尋くんが瑞穂くんになにか言ったとか？

いやいや、それはないし。

もしかして、またなんかからかわれてる？

いやいや年下にからかわれてるなんて、それは自分の立場的になしと考えたい……。

考えれば考えるほど、あたしの思考はこんがらがる。

「み、瑞穂くん……」

「なに？」

「あ、あたしにもわかるように説明……してください」

年下の彼にこんなことを頼むのも変な話だが仕方ない。

だって、中学の時いつも国語は二だったのだから。

国語の教科担任の先生に、あるみは思考回路をめぐるスピードが普通の人の三倍はノロいんだと、よくほめられたものだ。

あれ、今考えたらそれってほめられてたのかな。

っと、話がずれた。

「あるみにもわかるように？」

「う、ん」

「じゃあ……デートしてもらいに来たって言えばわかる？」

「……」

それはそれで、頭上のハテナが増えてしまうのだが……。

「今日兄ちゃんと遊ぶ約束は？」

「千尋くんと？　してない、けど……」

「このあとなにか予定は？」

「と、とくに」

「じゃあ、決定ね」

「えっ……？」

今度はニカッと白い歯を見せて笑った瑞穂くん。

……なんか、なにがなんだかよくわからないうちになにかが決定されてしまった。

呆然《ぼうぜん》としてる間に空いている腕を瑞穂くんにひっぱられて、そのまま歩きだす。

不敵に笑う瑞穂くんは、あたしをいったいどこへ連れていくつもりなのだろうか。

「とりゃぁあーーーっ！」

「う、うりゃぁーーーっ!?」

『GOAL!!』

目の前の画面に大きくそう表示されて、隣の瑞穂くんがふざけながらバンザイして喜んでいる。

「いぇーいっ！　俺いっち位！」

はしゃぐ姿はまるで無邪気な子どもみたい。

……というか。

「なにやってるんだ、あたしは……」

「カーレースゲームだけど？」

「い、いや……それはわかってるのですが」

公園から瑞穂くんに連れてこられたのは、映画館やショッピングモール、ゲームセンターなどの複数の施設が完備されている複合アミューズメント施設。

あたしたちが住んでる地域より少し離れた場所にあるので、普段来ることはあまりないのだが……。

「な、なんでここなの……？」

「うーん、ここなら遊びに困んないし。場所的に遠いから、知ってる人あんまりいないかなーって」

たしかに敷地内は広く、一日あっても遊びに困ることはなさそうだ。

言われてみれば、周りにあたしたちと同じ学校の制服を着た学生は少ない。

平日の放課後ということもあるため、知り合いに会うことはなさそうだ。

「言っただろ。今日は俺とデートしよって」

「だ、だから、なんであたしと瑞穂くんがデートなの？」

「いーじゃんいーじゃん！　細かいことは」

「瑞穂くんってば」

「あ、次あれやろ！　行くぞあるみ」

「あわわっ……！」

という具合に、さっきからなにがしたいのか聞いてもはぐらかされてしまって……。

千尋くんの弟だし、邪険に扱うこともできずにただノリでゲームに付き合ってしまってるわけである。

次に瑞穂くんにひっぱってこられたのは、目の前の大きなスクリーンに向かって付属の銃を撃《う》つという射撃ゲーム。

千尋くんとはこういうゲームセンターに来たことがないので、あたしにとって初体験である。

「なにこれ、誰を撃てばいいの？」

「ゾンビっぽいやつ！　黒い服装で出てきたり隠れたりしてるのは俺らの味方だから」

「えっ、そうなの⁉　ぎゃーっ！　味方撃っちゃった……っ！　ごめんなさい！」

「スクリーンに謝ってどーすんだよ」

隣で笑いながらカバーしてくれた瑞穂くんのおかげで、慣れないながらも、なんとか楽しむことができる。

千尋くんといる時は、こうやってお互いに騒いだりすることはなかったから、ちょっと新鮮な楽しさだ。

「あるみあるみ！　そっち！」

「ど、どこ⁉　っとりゃ……！」

「ぶーっ！　それ味方だってば！」

「ま、また……⁉」

敵と味方を瞬時に判別するのは意外とむずかしいんだということを、このゲームに学んだ気がする。

そのあとも瑞穂くんに振り回されながら、初体験のさまざまなゲームに付き合う。

リズムに合わせていろんな色のボタンを叩くゲームだったり、バスケットゴールに何回ボールが入ったかで景品がもらえるゲームだったり。

ちょっとだけ疲れてきたりもしたけど、隣で無邪気にはしゃぐ瑞穂くんを見てると、もう少し遊んであげたい気になってしまう。

心境は、弟のワガママに付き合う姉の気分だった。

「あーっ、遊んだっ!」

ようやくゲームを満喫し終わったのか、そう言った瑞穂くんはゲームセンターのすみにある休憩用のベンチに腰かけた。

その様子を苦笑しながら見ていると、ポンポンと自分の隣を叩いたので、少し距離を開けてあたしも座る。

ゲームセンター内のBGMや機械音が多少騒がしいものの、会話をするにはあまり支障はない。

「俺、女の子とこういう風に遊ぶのって初めてだなぁ」

少し汗をかいた前髪を無造作にたくしあげながら、ぼそりとつぶやく瑞穂くん。

「えー……でも瑞穂くんってなんかいつも女の子といそうなイメージだけど」

現に、この前織音さんが『瑞穂はいろんな女と遊んでるみたいだ』って言ってたし。

初めて会った時も、女の子ともめていた気がする。

「んー。たしかに俺は自分でも女遊びが多いほうだと自負している」

「あ、認めちゃうんだ……」

「だけど、それってただ言いよってきた女の子たちと遊んでるだけっていうか。その子の家に行って、することしたらはい終わり、みたいな」

「す、することっ……て」

「え？　そりゃひとつ屋根のした男女がふたりでやることなんて……」

「い、いいですっ！　口に出さなくて……！」

な、なんか……まだ中学生なのに、瑞穂くん、大人な体験しすぎなんじゃ……。

さっきの純粋かつ無邪気な瑞穂くんの姿からは、そんなことしてるのは想像しにくいなぁ……。

そう思いながらも、火照《ほて》った顔を冷まそうと手でパタパタと顔をあおぐ。

「だから、こういう風にゲームセンターで女の子とはしゃいだりして遊ぶのは、あるみが初めてかな」

「そう、なんだ」

もしかしたら瑞穂くんは、彼女ができたらこういう風に遊んでみたかったのかな。

だから、あたしをここに……。

「じゃあ、あるみに質問」

「な、なに？」

「あるみはなんで兄ちゃんと付き合ってるの？」

「……な、んで？」

「そう、なんで」

いきなり出された質問に、あたしは頭をひねる。

自分はなんで千尋くんと付き合っているのか、そんなこと考えたこともなかったから。

「す、好きだから……？」

「いつかその好きが冷めるかもよ？」

「えっ……、じゃあ、一緒にいたいって思うから……？」

「その兄ちゃんと一緒にいたいって思う理由は？」

「あの……その」

あれ、なんであたしこんなに質問攻めにされてるんだろうか。

というか、瑞穂くんからの質問の内容がむずかしすぎて……うまく答えが見つからない。

でも、ここは年上として、きちんと彼の疑問に向きあってあげなければいけない気もするし……。

それに……瑞穂くんは、なにをそんなに悩んでるのだろう。

「今までいろんな女の子と一緒に過ごしてきて、俺は俺なりの答えを探してみた」

「答え……？」

「アイツらはさ、ただドキドキしたいだけなんじゃないかって」

施設内の明るいオレンジ色の天井を見上げながら、瑞穂くんは無表情でそう言った。

「あるみは、兄ちゃんといるとドキドキする？」

千尋くんといると……？

そばにいるとドキドキして、距離が近いとドキドキして、千尋くんの笑顔を見ると
ドキドキして……。

「う、ん」

「じゃあ、それはうれしいこと？」

「そりゃぁ……うれしい、よ」

だって、それが恋でしょ？

大好きな人の隣にいて、いろんなことにドキドキして……。

「じゃあ、そのドキドキが味わえれば俺ら男はもう用済みってわけだ」

「そ、そんなことないよ……！」

「そりゃ最初はさ、手つないでみたり、抱きあってみたり、キスしてみたり。初めてのことに喜びを感じるかもしれない。でも、最後にエッチしちゃったらさ、もうその先はないわけじゃん？」

うっ……瑞穂くん、もう少し言葉をオブラートに包んでほしいな……。

「いつかドキドキにも飽きて、また別の快楽を求めたくなる」

「飽きる、とは限らないんじゃ……」

「だって、現にそういう人がいるから、この世には浮気とか不倫とかそんなんがあるわけじゃん？」

うぅ……まさしく正論。

というか、これは本当に中学生と高校生のする会話なのだろうか……。

なにを言っていいのかわからず、膝の上に置いてるカバンをキュッと握りしめる。

「だから、そんなこと考えてたらさ。たったひとりの人を好きでいるとか、なんかバカバカしく思えてきちゃったんだよな」

「ち、中学生なのに……すごく深いこと考えてるんだ、ね」

「そうでもないよ。簡潔に言うと、ただ恋とかドキドキするとか、なんなんだろうなって。ただの青くさいガキのちっちゃな疑問だし」

自嘲《じちょう》気味に鼻で笑った瑞穂くんは、そのまま視線を下へ落としていく。

なにか、言ってあげなきゃいけない。

バカバカしい、だなんて思っていてほしくない。

だけど、あたしがなにかを語ったところでそれが事実だと言えるのだろうか。

瑞穂くんがあたしに求めているのは、本当にそんな御託《ごたく》を並べた答えなのだろうか。

悩む。悩んで悩んで、誰もが納得する答えを探してみる。

だけど、やっぱり……あたしの中での答えは拍子抜けするくらい安易なものなのだと思う。

「あたしは今、瑞穂くんと遊んで楽しかったよ」

少し身をかがめて、うつむいてる瑞穂くんの顔をのぞきこんだ。

「な、なんか、意味わかんないままここに連れてこられちゃったけど……」

「はは、そうだな。俺もなんであるみ連れてここに来たのかは、自分でもよくわかんねぇや」

「でも、瑞穂くんもやっぱりあたしと同じなんじゃないかな」

「……同じ？」

チラリ。顔を上げた瑞穂くんが、一瞬あたしに視線を向ける。

意味がわからない、といった様子だ。

だけど、結局はそうなんだと思う。

「たしかにドキドキすることは恋愛の中での大事な意味だと思う。だけどね、やっぱりそれだけじゃないんだよ」

女の子は、ただドキドキしたくて好きな人を求めてるんじゃないんだ。

「さっき瑞穂くんと一緒に遊んで、あたしはすごく楽しいと思った。同時に、今度は千尋くんも一緒にこの楽しさを感じてほしいとも思ったな」

「……兄ちゃん?」

「うん。自分が楽しいとね、その楽しさを自分の大好きな人にも教えたくなるの」

それは大好きな人に楽しんでもらいたいから。

楽しんでもらえたら、その人が笑顔になるから。

その人の笑顔が見れたら、自分もすごく幸せを感じられるから。

「でも、千尋くんの笑顔が見られたら自分は幸せ、だなんて結局はあたしの中での自己満足にすぎないよね」

だって、あたしの幸せが千尋くんの幸せだとは限らないし。

「逆に、あたしがどうしたら千尋くんは幸せになってくれるのかな、とも考えてみるけど……やっぱりそれは自分ではわかんなくて」

不思議そうな顔をして瑞穂くんがあたしに視線を送る。

「でも、楽しいから幸せ、幸せだから笑う、笑うとすごくうれしい……うん、そんな単純な考えでいいんじゃないかな」

「………」

「そばにいたいからいる。そんなの自己満じゃんって言われたら、それのなにが悪いのって開き直っちゃえばいいんだよ」

伏し目がちに軽く笑いとばしてみると、隣の瑞穂くんがふっと鼻で笑った。

「……あるみってやっぱ変」

「ぅえっ……⁉」

ガーン。

変わってるとか、個性的、とかならまだわかるけど……変って、ちょっと瑞穂くん。

あからさまに落ちこんでみる。

たった今自分が瑞穂くんに言ったことは、理屈でもないし正論でもない。

だから、これが答えかなんて聞かれたらそれは自分でも違うと思う。

だけど今あたしは高校生で、瑞穂くんは中学生。

そんなに深く考えなくても、きっとこれから学んでいけるから……。

ただ単純に、自分の想う恋愛をすればいいんじゃないかな。

誰もそれをまちがってる、だなんて言わないから。

「今は、瑞穂くんがしたい恋愛をすればいいと思う。たとえそれが、たくさんの女の子相手の恋愛だったり、誰かを泣かせる恋愛だとしても」

「ふーん……。なんか拍子抜けしたな」

「そ、そう……かな？」

「あるみだったら、女の子を泣かせちゃダメだよ。一途な恋愛をしなさい。とか、説教垂れると思ったのに」

クスリ、と千尋くんみたいに口角を上げた瑞穂くん。

そうだよね、少し前のあたしならそう言ってたのかな……。

「た、たしかに、女の子を泣かせるのはあんまりよくないけど……それが犯罪ってわけでもないし、って大げさか」

自分で口に出しておいて、訂正する。

自分が思っていることを、わかりやすく相手に説明するのは結構むずかしいものだ。

「女の子は悲しくても泣くし、あ、あたしみたいな泣き虫だとうれしくて泣くこともあるし」

「ほぅ、自分でちゃんと泣き虫ってわかってるのか、あるみは」

いやいや、そこはふれないでいただきたい……瑞穂くん。

「だから、泣くことにもいろいろ意味があるわけだし……。もしそこで瑞穂くんが、女の子を泣かせちゃいけないってルールをつくるとするでしょ？」

「ルール？」

「うん。でもそしたら、その分瑞穂くんは考えちゃうんだよ。あぁ、こうしちゃったら彼女は泣くから我慢しよう。きっとあぁしたら彼女は泣くから、やめておこう。みたいな感じで」

「……まぁ、そうだろうね」

「そしたら、その分瑞穂くんは自由な恋愛ができなくなっちゃう。そんなのおかしいじゃん……自分の恋愛なのに」

「………」

「だったら最初からそういう縛《しば》りなんてつくらなくていいんだよ、きっと」

「ルールなんていらないってこと？」

「うん。……話、ずれちゃったけど、言いたかったのはあたしたちはいろんな意味があって好きな人と時間を過ごしてるってこと。相手の幸せのために、自分の自由を犠《ぎ》牲《せい》にしちゃうのは、それもおかしな話ってこと」

そして、きっと彼ならこう言うだろう。

「もっと。てきとーでいいんじゃない？　自分の思うようにやりなよ」

最後に瑞穂くんの目を見て、そう笑いかけた。

大きな黒い瞳が、揺らぐことなくあたしを見ている。

だけど、その口もとは自然とゆるんでいるようにも見えた。

「……兄ちゃんみたい、今のセリフ」

「へへ、日々お世話になってる千尋くんからの受け売りです」

「ふ、なんだそれ」

くだらない、といった風にそう笑った瑞穂くん。

だけど。

「あるみに聞いてみて、よかった」

「ん？」

「もっと偽善者《ぎぜん》っぽい答えがくるのかと思ったら、意外とそうでもなかったから」

「偽善者……？」

なんだなんだ。

そんなむずかしい言葉、あたしは習ったことないぞ。

首をひねって眉根を寄せていると、瑞穂くんがおかしそうに笑う。

「つまり、思ってたよりあるみは単純で、バカなんだなって思ったんだよ」

「なっ……ひ、ひどい⁉」

「でも、それがうれしかった」

「瑞穂、くん……」

優しく笑う顔は、初めて見る瑞穂くんの一面だった。

「だけど、ひとつ困ったことができた」

「……ま、また⁉」

今度はまた真剣な顔になったかと思うと、あごに手を当ててうーんと悩んでいる。

なんかわかんないけど、もうこれ以上質問に答えられるような気がしない……。

「今まではこんなことなかったんだけど」

「……うん？」

「どうやら、やっぱり兄弟だと好きな人の好みも似るらしい」

ニヤリ、そう不敵な笑みを見せた瑞穂くん。

だけど、その意味はあたしにはわからなくて……。

「も、もう少し簡潔に……」

「いいよ。あるみはべつにわからなくても」

「えっ、気になる……！」

「そのうちわかるんじゃない？」

「い、意地悪言わないでよ……！」

気のせいかもしれないけど。

あたしをからかいながら無邪気に笑う瑞穂くんの笑顔は、さっきよりもすごくかわいく見えた。

……だってあたしたちはまだ子どもだから。

今はただ、その無邪気な笑顔が一番大切なものなんだと、あたしは思う。

年下の小悪魔・瑞穂くんは、やっぱり笑顔が一番素敵だ。

ダメなんだ

そのあとも、あたしはよくわからないまま瑞穂くんに連れ回された。

ゲームセンターを出ると、お腹が減ったと言うので、施設内のフードコートでドーナツを食べたり。

そういえばほしいものがあったとかで、ショッピングモールエリアに行きさまざまな店舗を物色《ぶっしょく》したり。

途中で、年上なのにずっと振り回されてる自分が悔しくなってきて……。

逆に男の子が入りにくいだろうレディース用の服屋さんに誘うと、なぜか瑞穂くんのほうがノリノリだったたり。そして似合うとおだてられてスカートを一着購入してしまった。

……やはり年下のくせにあたしより一枚上手《うわて》な瑞穂くん。

なんだかんだ回っているうちに、外はもう暗く。

時刻はすでに八時近くになっていた。

「瑞穂くん……そろそろ帰ろうよ」

「んー」

アミューズメント施設のちょうど中央にある野外広場。

そこには大きな噴水があって、そのすぐそばのベンチにあたしと瑞穂くんは腰かけていた。

「瑞穂くんまだ中学生だし……早く帰らないと、熾音さんと千尋くんに心配されちゃうんじゃ……」

「んー」

「く、口からストローを離しなさい……っ」

「んー」

さっき売店で買ったシェイクをチューチュー吸いながらしゃべる瑞穂くんは、さっきから「んー」しか答えてくれない。

「もう……」

仕方なく瑞穂くんを振り向かせるのはあきらめて、ベンチの背もたれに思い切り寄りかかる。

ぐりんと首を上に向けて空を見あげる。

天気はいいはずなのに、アミューズメント施設のたくさんの照明がまぶしくて、星は見えなかった。

「星……見たいなぁ……」

そして、
千尋くんに、会いたい……。

その言葉は、声にならないままため息となって吐きだされた。

「こんな所で、ロマンチックに傷心《しょうしん》中？」

「……」

その、こんな所に連れてきたのは誰だと思っているんだい、この人は。

ようやくシェイクを飲み終えた瑞穂くんが、近くのゴミ箱へポーンとプラスチックのコップを投げ入れる。

「しょうがないから、帰ろっか」

「……」

な、なんか『しょうがないから』とか言われると、あたしがまるで駄々をこねてるみたいじゃないか……。

次々と瑞穂くんの口から出てくる言葉の理不尽さに、あたしはポカーンと口を開けたまま固まった。

「ぷ、変な顔」

千尋くんの弟じゃなかったら、そのキレイな顔にグーパンチ入れてやるのに……。

とにかく、ようやく帰る気になってくれたのはうれしいことで。

瑞穂くんと同じようにベンチから立ちあがったあたし。

しかし……。

「……瑞穂?」

偶然あたしたちの前を通りかかったセーラー服の女の子たち。

その中のひとりが、瑞穂くんを見て立ち止まった。

「……げ」

そして、その彼女を見て静かにそう声を漏らした瑞穂くん。

……知り合い、かな?

そう思っていると、目の前の女の子の視線が瑞穂くんからあたしへと移される。

何度も首の角度を変えて、あたしと瑞穂くんを交互に見る彼女は、だんだん眉間にしわを寄せていく。

「瑞穂、どういうこと?」

「ミサちゃん、違うって! あのな、この子は……」

「なにがどう違うのよっ! 今日は大事な用事があるから遊べないって言ってたじゃん!」

「い、いや……だから」

「あたしにウソついて、違う女と遊んでるなんて……！」

……あ、あれ？

なんだろう、この修羅場《しゅらば》は……。

あたし、なんかまずいことしちゃったかな？

いまいち状況がつかめずに、隣の瑞穂くんに目で助けを求めると……。

「あれ、今の彼女なんだよね。今日大事な用事あるから遊べないって、ウソついて来ちゃった」

コソッと、小さな声でそうあたしに耳打ちした。

……って、納得してる場合じゃなくて。

「な、なるほど……」

「……むぅ！」

目の前にいる瑞穂くんの彼女さん、いわくミサちゃん。

ほっぺたをフグみたいにふくらまして、あたしのこと威嚇《いかく》してるのですが……！

「ぐぅ……！」

こ、こわい……っ!!

ミサちゃんその顔、こわいです……！

……中学生に怯える高校生の図が完成。

「あんた高校生？」

「……は、はいっ」

「なんであるみがミサちゃんに敬語使ってるの？」

あたしとミサちゃんのやりとりを鼻で笑う瑞穂くん。

いやいや、笑ってるあなたが原因なんですって……！

「笑ってんなよ、瑞穂‼」

「あはは……はい」

結局瑞穂くんも敬語になってるじゃないか。

「あ、あの……あたしべつに瑞穂くんの浮気相手とかじゃ」

「浮気相手⁉ よくそんなこと堂々と言えたわね⁉」

「えっ……⁉ だ、だから、ちがっ……！」

「キィーッ！ 年上だからって、その余裕な感じムカつくのよっ！」

「っぇえ……‼」

あたしのどこが余裕……⁉

むしろすっごくビビってるんだけれど……。

「ぐぅぅ……ッ」

しかし、怒ったミサちゃんは冷静さを失って興奮するばかり。

「ちょっとミサ、相手いちおう年上だし。浮気相手とかじゃないっぽいし……」

「ウソだ！　だってこの前も別の女と歩いてたんだよこの男！」

ミサちゃんと同じセーラー服を着てるふたりの友達も、まぁまぁと苦笑いで彼女を慰めている。

この様子じゃ、理由を説明して納得させるのはむずかしそう……。

「あるみ、あるみ」

どうすればいいのかとひとりあわあわしていると、隣から瑞穂くんの小声が聞こえてくる。

目の前のミサちゃんは友達との口論に夢中だ。

「せーの、で。あっちのほうにダッシュね」

「……は、え？　だ、ダッシュ……？」

「このままじゃ埒明かないし。逃げるよ」

に、逃げるだって……!?

「むっ、ムリ！　ムリムリムリ!!」

「何回言うんだよ」

「だっ、だってあたし走るの遅いし……!!」

「たしかにあるみ、トロそうだもんな」

「……」

いや、自覚はしてるんだけどね。

なんか自分以外から言われると、結構傷つくな……。

「じゃあ、しょうがねぇな」

「……?」

チラリ。

ミサちゃんがまだこちらに意識を向けていないことを確認した瑞穂くんは、持っていたカバンをギュッとあたしに押しつけた。

「大声出すなよ」

「んぐっ……」

次にそう言った瑞穂くんは、ポケットから取りだした棒つきのキャンディを無理やりあたしの口につっこむ。

たしかに、これで大声どころかしゃべることもできないけど……。

「よし」

「……?」

「せーのっ」

「――っ!?」

声にならない叫びが、喉から出かかったのは……くるりと背中を向けた瑞穂くんが、そのままあたしをおんぶしたからだ。

なに……!?　えっ……、なんだこれ！

「あっ……瑞穂!?」

あたしたちに気づいたミサちゃんが声をあげるけど……。

そのまま地面を蹴りあげた瑞穂くんは、出口へ向かって猛ダッシュしはじめた。

「待ちなさいーッッ！」

気づいた時には、ずっとうしろで叫びながら駆けてくるミサちゃんが見えて……。

あたしを抱えているにもかかわらず、瑞穂くんはものすごいスピードでミサちゃんとの距離を離していった。

さ、さすが千尋くんの弟である……。


「はぁ……もういっかな」

瑞穂くんのつぶやきに、あたしはまうしろでコクコクとうなずく。

場所は、さっきまでいたアミューズメント施設から少し離れた暗い路地だった。

ようやく背中から降ろされて、両手をふさいでいた瑞穂くんのカバンを彼に返す。

空いた片手で、さきほど口につっこまれたキャンディを口から離した。

「っぷは……び、びっくりした……」

「ふぅ……重かった」

「なっ……ひどい⁉」

「ぷっ、ウソウソ。案外軽かったよ！」

「……全然うれしくない」

少し荒かった呼吸を落ち着かせた瑞穂くんは、楽しそうにクスリと笑った。

いきなりデートしようって言われたり。

いきなり瑞穂くんの浮気相手にされちゃったり。

いきなりおんぶされて走ってきちゃったり。

「もう……笑いごとじゃないよー」

まだ残っているキャンディをなめながら瑞穂くんをにらむと……。

「そ？　俺は楽しかったけど」

「っ……！」

妖艶に口角を上げた彼は、そのままあたしの口もとにあるキャンディをパクリとくわえた。

「ななななっ……⁉」

びっくりして、慌ててキャンディの棒を離す。

「仕方なく使っちゃったけど。俺のキャンディなんだから、返してね」

「だっ、だからって……！　あたっ、あたしの食べかけじゃん‼」

「あはは、気にしなーい」

「もうっ、瑞穂くん……‼」

今日一日、生意気なことばっかりしやがって……。

だけど、その無邪気な笑顔見ちゃうと、なんだか怒れないんだよね。

やっぱり、小悪魔な瑞穂くん。


それからあたしと瑞穂くんは、そこから近くのバス停まで歩いて、自分たちの町に帰ってきた。

降りたのは、千尋くんと瑞穂くんのマンションから少し離れた場所にあるバス停。

すっかり夜も深くなりはじめ、あたしたち以外の乗客はほとんどいなかったのだけれど……。

「………」

降りたバス停のベンチに座って、こちらをにらむ人影がひとり。

「ち、千尋くん……」

べつに悪いことをしたわけでもないのに、どうすればいいかわからなくなってポツリと彼の名前をつぶやいた。

年季が入り、少し古びたベンチからギシリと音をたてて立ちあがる千尋くん。

怒ってる様子もなんの感情も読み取れない、いつもの無表情。

だけど、なんとなくその場の空気が冷たい気がして……。

「あるみ、スマホ見た?」

「え……?」

静かに発せられた千尋くんの言葉に、慌ててカバンの中からスマホを取りだす。

お母さんからの着信が二件。

そのあとに、千尋くんからの着信が二件。

そういえば、瑞穂くんと遊んでる間はずっとマナーモードのままだったから……

まったくスマホを見ていなかったことに気がついた。

「マ、マナーモードにしてて……気づかなかった」

「だろうね。電話出ないし、帰り遅いからってあるみのお母さんから連絡きた」

「あ……えっ、と」

どうしよう……。

あたしがお母さんに連絡しなかったせいで、お母さんにも千尋くんにも心配をかけてしまったようだ……。

「ご、ごめんなさ……」

「いーじゃんよ、兄ちゃん」

頭を下げて謝ろうとした時、今まで黙っていた瑞穂くんがそう言ってあたしの動きを制した。

「そんなピリピリしなくても、あるみが悪いわけじゃないし。ちょっと遊びに行っただけじゃん？」

「どうせお前が連れだしたんだろ、瑞穂」

「へへ、バレた？」

にへら、と軽い笑みを浮かべる瑞穂くんに、千尋くんが小さくため息をつく。

「正直、弟だってこともあって、今まではお前が俺のものに手出すことがあっても我慢してた」

「そうだね〜、兄ちゃん優しいからな」

「笑い話じゃねぇぞ」

会話を続けるふたりの間に入ることができず、あたしはただおろおろとその場に立ちつくした。

「本当、昔から人のもの取るのが好きなやつだからな、お前」

「あはは、そうかな」

いったい、どういう意味なのか。

人のものを取る？　瑞穂くんが？

今のあたしには、ふたりの言葉の意味が理解できなくて……。

ただ。

「だけど、今回だけは相手が弟のお前だろうと譲る気はない。あるみだけは、やんねーからな」

「……わっ！」

そう言ってあたしのことを抱きよせた千尋くん。

そして、その言葉の意味だけはバカなあたしにも理解できた。

「……兄ちゃん」

「兄貴、家で待ってるから。寄り道しないで帰れよ」

「………」

「行くよ、あるみ」

「は、はい……」

瑞穂くんにそう言い聞かせて、千尋くんはあたしをひっぱったまま歩きはじめた。

あたしをひっぱる千尋くんの左手が少しひんやりしていたことに、申し訳ない気持ちがこみあげる。

夏とはいえ、少し冷えるこの夜に、どのくらいあのベンチで待っていてくれたんだろう。

あぁ、あたし……本当にバカだ。

「千尋くん」

「………」

「怒って、る？」

「………」

送ってくれるのか、あたしの家の方向に足を進める千尋くんは、さっきからなにを言っても反応してくれない。

「ちっ、千尋くん……」

「………」

うぅ……そろそろめげそう……。

そう思った時、人気のない路地で、ようやく千尋くんが歩みを止めた。

「……千、尋くん」

くるりと振り向いた千尋くんの、まっすぐな瞳に見つめられて。

出そうになる涙をぐっとこらえる。

「あるみが泣く意味がわかんないんだけど」

「ま、まだ……泣いてないもん」

「でも、どうせ泣くんでしょ？」

「うっ……ぅぅ……ご、ごめんなさ、い」

千尋くんに言われたとおり、こらえていた涙が一気に溢《あふ》れて。

「泣いてもダメ」

心なしか、少し千尋くんが冷たい気がした。

「っきらいに、なったの……？」

「……さぁ」

「……っぅ」

やだ、いやだ……。

千尋くんに、きらわれたくない。

いつもみたいに……千尋くんの笑顔が見たい。

胸がギュッと痛くて、出てくる涙はいっこうに止まらなくて。

どうすればいいのかさえ考えられない、ただ泣きじゃくるあたし。

しばらくしてそんなあたしに、ハァとため息をつく千尋くん。

ため息⁉　あきれられた？　そんなに怒ってるの？

涙でにじむ視界の中、見あげた千尋くんの顔。

　そこにはあったのはもう、冷たい千尋くんの顔ではなかった。

　やれやれ、といった表情で、小さい子をさとすようにあたしの頭にポンポンと手を置いて話しはじめる。

「あるみはさ」

「……うん」

「優しいから。俺の弟だからって、瑞穂に付き合ってくれたんでしょ」

　ブンブンと首を思い切り横に振る。

　たしかに千尋くんの弟だからってのはあったけれど、あたしは全然優しくなんかないし。

　本当にバカだと思う。

「わかってるんだ。瑞穂は昔から人のもの取るのが好きなやつだったたし。アイツがあるみに気があるのも」

「……え？」

　まったくの初耳で思わず聞き返すけど、しゃべりだしたら嗚咽《おえつ》が出てしまいそうで、とにかく今は千尋くんの話に耳を傾ける。

「うちは昔から親がどっちも仕事で忙しいことも多くて。全然瑞穂にかまってやる時間もないみたいだったから、さみしい思いさせてたんだよ。それで、俺も俺で、アイツのためにできることやろうって」

伏し目がちにそう言う千尋くん。

たしかに、千尋くんの両親は仕事の都合で海外にいるって言ってたっけ……。

「だけど、困ったことにさ。アイツがほしがるものって、なぜかいっつも人のものなんだよね」

「ひ、との……もの？」

「あるみ泣くから、あんまりこの話はしたくないんだけど。たとえば……俺が中学の時付き合ってた子だったりとか」

千尋くんの、元カノ……ってこと？

たしかに、それはあんまり聞きたくない話題かもしれない……。

だけど、今はちゃんと千尋くんの気持ちが知りたい。

「最低なのかもしれないけど、今までは瑞穂がほしいって言うなら譲ってた。その子を手離しても、べつに後悔とかもなかったし。それで瑞穂が喜ぶならって」

「……」

「だけど、今回はダメなんだ」

「……千尋、くん」

だんだんと引いてきた涙が、また溢れそうになる。

「わかんないけど。あるみだけは、誰にも譲れる気がしない」

「……っ」

「たとえ弟の瑞穂だろうと誰だろうと、あるみは俺だけのものでいてほしい」

そう言って優しく微笑む千尋くんの顔を、やわらかい月明かりが照らしていた。

そんな彼にごめんね、とつぶやくと今度は少しだけスネたような顔をする。

「千尋くん?」

えっ、私またなにかしたのかな……と不安になると。

「あるみが瑞穂に優しくしてくれんのはうれしいけど。アイツもいちおう男だからさ」

「……うん」

「できれば、今日みたいにふたりきりで遊びに行くのは……イヤだ」

「……うん」

「あんまり不安にさせんな」

「……っ」

一歩踏みだして近づいた千尋くんが、そのままあたしの唇に自分の唇を押しつけた。

「ち……っひろ、くん……」

ゆっくり舌が入ってきて、不安定にぐらつく身体を、ギュッと千尋くんが抱きとめる。

「んっ……ぁ」

いつもより少し乱暴なキスに、頭がクラクラする。

顔が火照って熱い。

怒っている時にする千尋くんのキスは、いつも以上にあたしを乱すものだと知った。

「あるみ」

チュッとリップ音をたてて唇を離した千尋くんは、優しくあたしの名前を呼ぶ。

「意外と俺、嫉妬深いのかも」

ちょっとだけ照れながらそう言った千尋くんに、クスリと笑ってあたしは答えた。

「あたしも、千尋くんから離れるのはイヤだよ」

大好きな笑顔で微笑んだ千尋くんに、あたしは絶対にこの人から離れたくないと思った。

ひとりでも

千尋くんと初めて過ごした夏休み。

お祭りに行ったり、織音さんの車で海に連れていってもらったりと、充実した毎日だった。

暑いということもあってか、いつもの倍以上だるそうだった千尋くん。

だけど、時たま見せる笑顔は、やっぱりあたしの心を癒してくれた。

今年も、残り秋と冬の二シーズン。

これからも千尋くんと同じ季節を過ごして、一緒に笑顔で過ごしたい。

そんなことを考えていた秋の始まり。

千尋くんに違和感を覚えたのは、二学期が始まってすぐのことだった。


「あ……」

「どうしたの、あるみ？」

次の移動教室のために、化学室へ向かっていたあたしとヒメちゃん。

あれほど焼けるのをイヤがっていたヒメちゃんは、夏休みにはっちゃけすぎたらしく、結構な小麦色になっていた。

そんな彼女が、あたしの視線の先をたどっていく。

「……あれ、彼氏くんじゃないの？」

「う、うん……」

そこから見えたのは、三階の窓から遠くに見える、学校の裏庭の木陰。

色づきはじめた楓《かえで》の木の下に、制服姿の千尋くんが寝転がっていた。

目を閉じて寝ているわけでもなく、なにかを考えているわけでもなく。

ただただ、ボーッと空を見あげ、風で流れていく雲を、無表情に見つめている。

「千尋くんが授業サボってるなんて……」

「めずらしいね。なんかいっつもだるそうにはしてるけど、サボってるところは初めて見たな～」

「う、うん。あたしも」

ヒメちゃんの言葉にうなずきながら、不思議に首をかしげた。

なにか、悩みごとでもあるのだろうか。

それとも、ただだるいだけなのか。

どちらにしろ、一番ひっかかったのは、感情の見えない千尋くんのその表情だった。

次に違和感を覚えたのは、その数日後。

この前の千尋くんの行動はあまり気にしないようにして、いつもどおりの一日を過ごしていた。

「あるみ、帰ろ」

「あ、千尋くん。ちょっと待って！」

帰りのホームルームが終わり、カバンの中身を整理していると、教室の入口から千尋くんが顔をのぞかせた。

急いでペンケースやノートをカバンに詰めて、待ってくれている彼のもとへ駆けよる。

「あ、ヒメちゃんバイバイ！」

「明日ね！　あるみ」

教室を出る際に、近くにいたヒメちゃんに手を振ってから千尋くんの隣に並んだ。

「千尋くん、もうすぐ中間考査《ちゅうかんこうさ》だね」

「……そうだっけ」

「そ、そうだよ！　あたし赤点とらないために、頑張って授業中寝ないようにしてるんだから！」

「ウソつき。今日居眠りしてたの、音楽室の窓から見えてたよ」

「えっ、ウソ……！」

いつもどおりの平凡な会話をしながら、千尋くんと歩く。

生徒玄関で靴を履き替えて、校門から出て。

「天気いいね」

なんて、いつもどおりの会話して。

やっぱりこの前の千尋くんはなんでもなくて、ただずっとこの笑顔がそばにあればいいなって。

いつもと同じことを思って。

「あるみ」

「……千尋くん？」

「ひとりで歯磨きできる？」

「な、なに……それ？　普通に毎日自分でしてるよ」

「ひとりで寝れる？」

「こっ、子どもじゃないもん……」

「それもそっか。じゃあ……」

「ち、千尋くん……」

「ひとりでも平気？」

「千尋くん……」

「ひとりでも……」

「千尋くんっ！」

「……………」

いきなり意味のわからないことを話し続ける千尋くんに、あたしは大声をあげて立ち止まる。

驚くこともなく、感情の見えない顔で、千尋くんがあたしを振り返った。

「さ、さっきから……ひとりひとりって、なに？　なんでいきなり、そんなこと」

「……………」

「千尋くん……どっか行っちゃうの？」

「そんなわけないじゃん」

「じゃあ、なんで……？　やっぱり最近千尋くんおかしくない？」

「べつに」

あたしから目をそらしてそう言った千尋くんは、やっぱりどこか変で。

なんか、胸がモヤモヤする。

すごく、イヤな感じがする。

「悩み、あるならあたし聞くよ……？」

「悩みなんてないよ」

「ウソ、つかないでよ……。たしかに、あたしじゃ頼りないのかもしれないけど……千尋くんのためになにかできることがあるなら」

「だから、なにもないって！」

「……っ」

いつもは静かに一定のトーンで話す彼が、少しだけ声を荒らげてそう言うものだから……思わずびくり、と肩をはねらせた。

明らかに、千尋くんはなにか考えているのに。

あたしにはそれを話してくれない。

役に立とうとさえ、させてもらえない。

誰にだって、誰にも言いたくない話のひとつやふたつあって当たり前なのに……。

なんだか、すごく千尋くんにつきはなされた気がしてならなかった。

「本当になにもないから。早く帰ろ」

「千尋……くん」

冷たくそう言って歩きだした千尋くんは、名前を呼んでももう振り返ってくれなくて。

なんでこうなっちゃったんだろうって、すごく後悔して。

ふたり分の間を空けて、ただその静かな背中についていくしかなかった。
ひとりってなに？
なんで、なにも教えてくれないの？
あたしはいつも千尋くんに寄っかかってばかりなのに。
千尋くんは、あたしの肩に手を置くことさえしてくれない。
ねぇ、千尋くん……。
たった今空いたこのふたり分の溝は、どうやったら埋めることができるのかな……。
結局、あたしの家に着くまで、千尋くんは振り返ってはくれなかった。

あたしなら

「き、来ちゃった……」

あたりがすっかり暗くなった夜の八時近く。

マキシ丈のトレーナーワンピースにカーディガンを羽織《はお》って、外をうろうろしている怪しい自分。

「こんな夜に普通迷惑だよね……で、でもでもこのままじゃいけない気もするし」

いつの間にか心の声が口から出てきて……。

うろうろしながらぶつぶつなにかをつぶやくあたしは、怪しさと不審さ倍増。

そんなあたしがいるのは、千尋くん家のマンション前。

ほんの数時間前に気まずいまま別れを告げた千尋くんに逢いに来てしまったのだ。

家に帰ってひとりになると、ついさっきの千尋くんとの会話を思い出してしまって。

それがすごく不安で、ただただ黙っていることはできなくって。

本当はメッセージを送るか電話をすればいいのだろうけど。

やっぱり直接顔を見て話をしないと、またはぐらかされてしまう気がしてしまい。

なにも考えないまま、突発的に家を飛びだして来てしまったのだ。

「……や、やっぱり帰ろうかな」

ところが、意気地なしのあたしは、いざ千尋くん家のマンションを目の前にして、そんなことをつぶやいてしまう。

逢いたい。

千尋くんに逢って、ちゃんと話をしたい。

だけど、それと同じくらいにこわいんだ。

今日の千尋くんとの会話を思い出すと、本当のことを聞くのがすごくこわい。

本当は、今すぐにでも逃げだしたい……。

だけど、それじゃダメなんだよね。

逃げてるだけじゃ、なにも解決しない。

そんなの、わかりきってることじゃないか。

逃げちゃダメだ、こわがっちゃダメだ。

いつもみたいに、千尋くんの優しい笑顔が見たい。

千尋くんがなにかに困っているのなら、こんな頼りない手でも差し伸べてあげたい。

なんでって聞かれたら、そんなの決まってる。

ただ、ただ、千尋くんのことが大好きだから。

それ以外に理由なんてないんだもん。

きっと、今までも、これからも。

大きな深呼吸をして、マンションの入口へと一歩踏みだした時。

「あれ？」

うしろから、そんな声が聞こえて振り返った。

「あるみちゃん？」

「……熾音、さん」

そこにいたのは、千尋くんのお兄さんの熾音さん。

スーツを着ているところを見ると、どうやら仕事帰りのようだ。

「どうしたの、こんな時間に」

「ご、ごめんなさい……。迷惑だとは思ったんですけど……。最近千尋くんの様子がおかしいから、気になって……」

ペコリとお辞儀をしながらそう言うと、熾音さんはなにか知ってるように「あぁ」とつぶやいた。

千尋くんより少し高い位置にある目を見て、首をかしげる。

「ちょうど、俺もあるみちゃんに話があったんだ」

「あ、あたしに……ですか？」

「うん。できれば千尋と瑞穂がいないとこで話したいから。あるみちゃんがよければだけど、俺の車の中で話してもいいかな？」

チラリ、と駐車場のほうに視線を向けた熾音さんには、あたしの知っているいつものおちゃらけた雰囲気はなくって。

ふたりがいる前ではしにくい話ということは。

「千尋くんの話……なんですね？」

「うん、そう」

それを聞いて、これから熾音さんが話そうとしていることと今日の千尋くんの様子は関係があるんだと確信する。

その真剣な瞳に捕えられたまま、コクリとうなずいた。

「暑い？　クーラーつけよっか？」

「だ、大丈夫です……」

「そっか」

言われるまま、黒のワゴン車の助手席に乗る。

運転席に乗った熾音さんは、着ていたスーツを脱いでワイシャツになると、していたネクタイを少しゆるめた。

千尋くんと似ているせいか、その流れるような動作がカッコよく見える。

「あれ、俺に見とれてた？」

「ち、違いますっ……」

「へへっ、冗談冗談」

そう言った熾音さんは、今日初めて、いつものやわらかい雰囲気を浮かべた。

そのおかげで少しだけ緊張がほぐれる。

「まぁまぁ、そんな固くなりなさんな。もう少しゆっくりしていいよ」

「は、はい……」

優しくそう言ってくれた熾音さんだったけど。

やっぱり、千尋くんのお兄さんとはいえ、車の中に男の人とふたりきりでいるのは初めてなわけで……。

緊張するなって言われるほうが、少しむずかしい。

「ほれほれ、あるみちゃん顔こわいよ」

「ほ、放っといてくださいっ……」

「怒った顔もキュートだねぇ」

「し、熾音さんふざけてるでしょ……！」

「あ、バレた？」

今度は緊張しているあたしをいじって、ふざけはじめた熾音さん。話があるんじゃなかったのか、と内心思いながらも、堅苦しい雰囲気を壊してくれた彼に感謝する。

おかげで、だいぶ楽になった。

「本当、あるみちゃんはかわいいなぁ」

「ロ、ロリコンですか……?」

「む、失礼な。俺にその趣味はないぞ」

唇をとがらせていじけながらも、「本当の妹みたいでかわいいって意味だよ」と付け足してくれた熾音さん。

その言葉が少しうれしくて、くすぐったかった。

「ふぅ。そろそろ、本題入ろっか」

笑ったあとにひと息吐いた熾音さんは、優しいけどどこかマジメな表情であたしを見つめた。

それに対して、あたしもゆっくり首を縦に振る。

大丈夫。こわくないよ。

大きい手のひらであたしの髪をやわらかくなでた熾音さんは、まるで妹をあやす本当のお兄ちゃんみたいだった。

うん。大丈夫。

ちゃんと聞こう。

こわくないんだ、逃げないんだ。

その理由はさっきしっかり確認した。

「話して、ください」

ゆっくり織音さんの顔を見あげたあたしは、静かにそうつぶやいた。

「梓、わかる？」

「織音さんの、彼女さんですよね？」

「うん、そう」

いまだにちゃんと話したことはないけれど、前に千尋くんといた時に会ったのを覚えている。

「実は、梓が妊娠したんだ」

「……っえ⁉ し、織音さん、浮気されたんですか⁉」

「おーい、あるみちゃん。ちゃんと俺の子どもです」

「っは。よっ、よかった……びっくりしちゃった」

「いやいや、むしろこっちがびっくりしたよ」

苦笑いの織音さんに、ごめんなさいと付け加えて、話を続けてもらう。

危ない、危ない。

思いがけないひと言に気が動転して、勝手に早とちりしてしまった……。

「えっ……！　梓さん赤ちゃんできたんですか!?」

「うん。あれ……今そう言ったつもりだったんだけど。すっごい時間差のリアクションだね」

「わー、おめでとうございます！」

「……うん、ありがとう」

「……？」

あたしと梓さんとは、直接仲がいいわけでもないし。

あっちがあたしのことを覚えているのかさえ、微妙なところだ。

だけど、ただ熾音さんの口から出たそれは単純にうれしくて、きっと熾音さんだって喜ばしいことだと思う。

なのに、喜ぶあたしにお礼を言った熾音さんは、なんだかつらそうに笑っていた。

「うれしく、ないんですか……？」

「ん？　うれしいよ。すっごく、うれしい。俺、梓のことすっげー好きだし。いつかはちゃんと結婚するつもりだったし」

「じゃあ、なんで……」

「梓さ、喘息《ぜんそく》持ちなんだ」

喘息っていえば、発作《ほっさ》性の呼吸困難を起こしたりする病気って、いつだかテレビで見たことがある。

「ついでに言うと、もともと身体が弱いほうでさ、たまに貧血を起こすこともある」

前に初めて梓さんに会った時は、普通に元気っぽかったし、身体が悪そうには見えなかったけど……そういえば、少し肌が青白い印象だったかな。

「……だ、大丈夫、なんですか?」

「うん。ほんのたまに悪くなるくらいで、生活に支障とかはないから」

「そ、そっか……よかった」

ホッと胸をなでおろすと、隣の熾音さんがまたつらそうな表情を浮かべた。

「本当に、あるみちゃんっていい子なんだよね……」

「え……?」

「いっそのこともっとイヤな子だったら、思い切りつきはなせたのにな」

「熾音さん、どういう意味……ですか?」

眉尻を下げて苦笑する熾音さんは、また続きを話しはじめる。

「本当はもう少し先のつもりだったんだけど。子どもができた以上、責任を持って梓と結婚する。その覚悟はちゃんとしてる」

「……」

「それでね。言ったとおり、梓は身体があんまりよくないし、これを機にもう少し環境のいい場所に引っ越そうと思ってる」

「空気のいい場所……とか？」

「うん。それと、少し遠い場所に梓の身体に合った病院があってさ。妊娠したこともあるし、やっぱりなにかあった時に近くに安心できる病院があればいいなって思ってさ」

つまり熾音さんは、梓さんと、そのお腹《なか》にいる赤ちゃんと、ここから離れた場所に引っ越しを考えているということ。

じゃあ……千尋くんと、瑞穂くんは？

「もちろん千尋と瑞穂は大事な弟だから、見捨てるつもりとかはないよ。だけど、新婚の家にいるのもアイツらにとって気を使わせちゃうと思うし。梓にも、もう少しのんびり過ごしてほしいから、できればあんまり負担をかけるような生活をさせたくない」

斜め下を見つめながら、真剣にそう話す熾音さん。

あたしは、その言葉を一生懸命頭の中で理解していく。

「そしたらさ、今海外にいる俺らの親が、千尋と瑞穂をこっちによこさないかって」

「つまり……千尋くんと瑞穂くんを海外のご両親の所に、ってこと?」

「うん……でも、正確に言うと瑞穂だけ、なんだ」

「それって、どういう……?」

理解できずに首をひねるあたし。

「千尋はもう高校生だし。俺が梓と引っ越したあともあの家に残って、ひとり暮らしでも大丈夫だろうって言うんだけどさ。瑞穂はまだ中学生だからさ……」

つまり、瑞穂くんだけ海外に……ってこと?

「だけどさ、千尋って俺ら兄弟の中で誰よりも大人なんだよな」

窓際にひじをついて、窓の外を眺める熾音さん。

たしかに、千尋くんはすごく大人だとあたしも感じることがある。

「……アイツ、心配してんだ。今までずっとこっちで暮らしてた瑞穂が、親が一緒とはいえ、急にたったひとりで海外に行ってやっていけんのかって」

「……千尋くん、らしいな」

「だろ。兄貴はこんなろくでなしだってのに、本当にアイツはいつも考えが大人なんだよ」

なんとなく、最近の千尋くんの言動がなんでだったのかわかってきて……。

話の先の予想ができてきて……。

息をするのが苦しくなってくる。

あれ、息って……どうやってするんだっけ。

「千尋はあんまりわかりやすく態度に出すやつじゃないから、俺もよくわかんないけど。でも、たったひとつわかるのは……アイツは今すっげー胸の中で葛藤《かっとう》してんだと思う」

「……」

「なんだかんだ言って、アイツは家族を大事にするやつだからさ。兄ちゃんとして、瑞穂に心細い思いをさせたくない。だけど、あるみちゃんを置いていくこともできない。それだけ千尋にとってあるみちゃんは大切な存在であって……」

熾音さんは優しいから、ハッキリとは言ってくれない。

だけど、単刀直入に言うと。

今、千尋くんは、瑞穂くんを選ぶかあたしを選ぶかで心の底から悩んでるということだ。

「好きな人と離れるなんて考えたくもないと思うし、別れてくれなんて言わない」

「……」

「さっき言ったとおり、俺にとってあるみちゃんは本当の妹みたいにかわいいから、こんなこと言うのも本当につらいんだ」

「だけど、やっぱりそれと同じだけ、俺にとっては千尋も瑞穂もすっげーかわいい弟なんだ」

「……」

ボーッとする視界の端《はし》で、ギュッと膝の上で拳を握りしめる熾音さんの手が目に入る。

熾音さんは、本当にいい人だ。

あたしになんて気を使わずに、大切な弟のためにあたしをつきはなしてしまえばいい。

なのにそれをしてくれないのは、彼が本当に心から優しい人だからだ。

あぁ、だからか。

こんな優しい人のそばで育ったから、千尋くんも彼のように優しいんだ。

なにも言えずに、心の中で熾音さんの言葉をくり返す。

このままあたしのせいで千尋くんがここに残ることを決意したら、きっとあたしは安心する。

だけど、その分だけさみしい想いをする瑞穂くんがいる。

せっかくの兄弟が離ればなれになってしまうし。

こっちに残るひとり暮らしの千尋くんは、熾音さんと瑞穂くんがいなくなった分大変なことが増える。

なにより、自分の存在のせいで、千尋くんたち家族がバラバラになってしまうなんて……。

「ちょっときつい言い方になるかもしれない。ごめんね」

謝らないで、謝らないで熾音さん。

「だけどそれはみんなに後悔しないでほしいから。千尋にも、瑞穂にも、あるみちゃんにも」

あなたは、すごく優しくて、温かい人です。

「アイツらの兄貴として、言わせてもらう。あるみちゃんなら、アイツらのためになにができる？」

——あたし、なら……。

ワガママでいたい

結局その日は熾音さんとだけ話をして、千尋くんには逢わずに帰った。
話しこんで遅くなってしまったから、熾音さんがそのまま車で送ってくれた。
家までの十数分の道のりを、あたしも熾音さんもなにも発さないまま進んでいく。
耳に入ってくるのは車のエンジン音と、時折熾音さんがペダルを踏みこむ音。
そのモヤモヤした形のない空間の中で、あたしはただただ黙っていた。
唯一覚えているのは、車を発進させる時に見えた、千尋くんの部屋の明かりだけ。
きっとあの部屋の中で、あたしの大好きな人は静かに頭を抱えているのだろう。
そのあとの記憶は本当に皆無《かいむ》だった。
熾音さんとどうやってお別れしたのか。
何時頃にお風呂に入って、何時頃に歯磨きをして。
ちゃんと髪は乾かしたのか、お肌のケアはした？
スマホの充電は？
あれ、晩ごはんは食べたっけ？

わからない、なにも。

覚えていない。

ただ、気づいた時にはすでに自分は制服姿で。

窓からたくさんの朝日が差しこむリビングで、お母さんと一緒に目の前のテレビを眺めていた。

「……なにしてたんだっけ？」

「あんたバカ？　朝ごはん食べて、テレビの占い見てたじゃない」

「……朝ごはん、なに食べた？　あたし、占い何位だった？」

たったついさっきのことが、思い出せない。

「冗談言ってないで、早く学校いってらっしゃいよ」

冗談じゃないいんだよお母さん。

本当にあたし、昨日の夜から無意識に今まで過ごしてたんだよ。

そんなこと言ったら、またバカとか言われそうな気がして、なにも言わずにリビングから出た。

そして、あたしが向かったのは。

玄関。ではなく、自分の部屋で。

きっと、無意識のうちにあたしの答えは決まっていたんだ。

部屋に続く階段を上りながら、そう思った。

ドアを開けて、ドレッサーの上に置いてあったソレに手を伸ばす。

わからない、わからないんだ。

もしかしたらこれも無意識なのかもしれない。

だけど、心より先に。

脚が、指先が、身体が決意してる。

あたしだったら……こうするのだと。

その証拠となるソレを握りしめて、あたしはつま先を玄関へと向けるのだった。


古典の授業中、窓の外を眺めながら今日初めて自分の思考をめぐらせた。

隣の席では優等生の平沢《ひらさわ》さんが板書《ばんしょ》をせっせとノートに書き写していて、前の席では野球部の結城《ゆうき》くんが丸い頭を伏せながら爆睡している。

かなりのベテランである古典のおじいちゃん先生は、何度も口グセの「えー……」を語中にはさみながら、ゆっくり教科書を読んでいた。

実にありふれた光景で。

いつもとなんら変わりない、当たり前の時間。

その中で、あたしはいつの間にかできていた飛行機雲を見ながら。

ひとつの決意をしようとしている。
やっぱり、あたしにとって千尋くんは世界のすべてで。
離れることなんてできないし、そんなこと考えたくもない。
あたしが今、悩んでいる彼に。
たったひと言。
「行かないで」
って言えば、きっと千尋くんは優しいからここにいてくれる。
だって、大好きな千尋くんとサヨナラなんてしたくないもん。
千尋くんのいない生活なんて、考えたくないもん。
瑞穂くんだって、いっつもあたしのことからかうし。
年下のくせに、あたしのこといっつも見下してるし。
生意気だし。
そんな瑞穂くんがどうなったって、あたしにはまったく関係ない。
あたしは瑞穂くんの彼女じゃなければ、友達でもないんだよ。
そんな彼に情けをかけるなんて、それこそあたしにとっては意味のないことで。
だったら、瑞穂くんがどんな気持ちでいたって、あたしはまったく気にならない。
あたしにいつもわからないことを教えてくれるヒメちゃんは。

口グセのように、
「あるみはもっとワガママな女になりな」
って、眉尻を下げながら笑ってた。
もっと自分を甘やかしなって。
今までだったら、そんなことムリだって思ってた。
もしワガママな女になって、千尋くんにきらわれたらどうしよう。
とか。
どうやったらワガママになれるのか、まったくわからない。
とか。
でも、なんでだろう。
今ならなれる気がする。
ヒメちゃんの言う『ワガママな女』に。
考えてみて、初めてわかった気がする。
ずっと。なんてない。
永遠。なんてない。
そう思ってた。
だけど、千尋くんと恋をして。

初めて心から思った。
『ずっと』や、『永遠』が叶う世界であってほしいと。
それが自分の幸せだから。
だったらあたしは、幸せを選ぶ。
もうあたしには、こうすること以外できないんだよ。
心の中でその決意が固まったのは、窓の外の飛行機雲がすっかり消えた頃だった。

頼りあい

自分でもそう思うくらい、あたしはごくごく普通の平凡な女の子だと思う。

ただ、ひとつだけ自分でも不器用だと感じるところがあって。

それは誰かに自分の弱いところを見せるのがとても下手くそだったこと。

家族や周りの友達が信用できなかったわけじゃない。

中学に入ってから仲良しになったヒメちゃんはすっごくいい子で、なにかあったら相談しなといつも言ってくれていたし。

担任だった先生も、すごく気さくで頼りがいのある人だと学校では評判だった。

ずっとあたしを大事に育ててくれた親だって、いざとなったらいつでもあたしを助けてくれるような、まさに恵まれた人間関係。

相談できる人、頼れる人はあたしの周りに十分といっていいほどにいたのだ。

だけど、あたしはその人たちへの寄りかかり方を知らなかった。

つらい出来事や困った出来事があっても、それを相談するすべがわからない。

頼り方がわからない。

相談して、大切な周りの人たちに迷惑をかけたりしたら……。イヤな思いをさせてしまったら……。

そんなことを思うたびに、あたしは胸のうちをどんどんこの頼りない身体に溜めていくようになった。

それは、どうでもいいような些細《ささい》な悩みから、本当に深刻な深い悩みまで。

溜まりに溜まったこの『ストレス』が、身体の中で悲鳴をあげたのは、ちょうど高校に入る前。

……大切な三人家族のひとりである、お父さんが死んでしまった時だった。

「おめでとう、あるみ」

将来、とくに目指していることもなく、家から一番近い公立の高校を受験した。

合格発表の日、普通のサラリーマンのお父さんは仕事で。

あたしの合格発表のために会社を休んだお母さんと一緒に、掲示板を見に高校へ来ていた。

ものすごく頭が悪いわけでもなく、この高校の倍率がそれほど高くもなかったおかげか。

掲示板には、しっかりとあたしの受験番号である『二一三九』の数字が表示されていて。

わざわざ会社まで休んだくせに、それほど騒ぐでもなく「おめでとう」と笑うお母さんの横で、あたしも口角を上げてニコリと微笑んだ。

その時、急に鳴りはじめたお母さんの携帯。

初期設定のまま変えていない、ピロロロと鳴るだけの機械音は、今もまだあたしの胸を不規則に動かす。

「……あ、あるみ……」

「……おか、あさん?」

携帯を耳に当ててこっちを見たお母さんの手は、小刻みに震えていた。

あるみ、あるみ、と息苦しそうな声であたしの名前を何回も呼ぶ。

「お、お父さんが……」

そのあとは、スローモーションのように動くお母さんの口を、ただボーッと見つめていた。

――『お父さんが、事故で……』

急いでタクシーを拾って病院へ駆けつけた時には、もう遅かった。

お医者さんの話を聞いて泣きくずれるお母さんに「かなりショックを受けますがお

会いになりますか？」と聞く看護師さん。

あたしはコクリとうなずき震えるお母さんの肩を支えて、白くて重い扉を開けてもらった。

ショックは受けなかった。

ううん、受ける素振りを見せなかっただけで、本当は……。

「……お……と、う……さん」

お父さんは、あたしに会いに来る途中だった。

朝、何事もないようにいつもどおり朝ごはんを食べて会社に出たお父さんは、実はかなりあたしの合格発表を気にしていたらしい。

だけど、年頃のあたしにうざがられるのがイヤで、全然興味のないふりをしていた。

あたしには内緒で、今日は仕事が早く終わったからとウソをついて、お昼には家に帰ってくる予定だった。

そして、そのまままたまには家族みんなでおでかけして、あたしの合格祝いをしようって。

こっそりそんな計画を立てていたと、のちにお母さんから聞いた。

その帰ってくる途中で、あたしのために早引きをした途中で、大型トラックと衝突事故を起こしたんだ、と。

その日から、たった三人だったうちの家族から、大切なひとりが欠けてしまった。

合格発表後で、ちょうど春休みに入ったあたしの時間は流れるように過ぎていった。

お父さんがいなくなっても、世界は普通にまわるのだ。時間は進むのだ。

そして、お父さんの通夜と葬式が終わってすぐに、あたしの身体は壊れはじめる。

今まで溜めてきたものが、大好きなお父さんの死をきっかけに、限界に達した。

「……っ」

いきなり襲ってくる疲労感。頭痛。吐き気。

こみあげてくるそれに気づいて、慌ててトイレへダッシュした。

だけど、お父さんの死からしっかりごはんを食べていないあたしの体内からは、嘔《おう》吐《と》しても胃液しか出てこなかった。

出したいのに、なにも出せない。

苦しい、苦しい、苦しい。

だけど、嗚咽を漏らしたら、リビングにいるお母さんに気づかれる。

今一番苦しいのはお母さんなのだ。

これくらい、大したことない。

まだ、我慢できる。

吐き気がおさまって立ちあがったあたしを襲ったのは、立ちくらみ。

ぼわーっと目の前が暗くなって、グラリと身体が揺れる。
頭も痛い。
自分の身体を、自分の足で支えられない。
そのまま床にペタリと崩れおちた。
だけど、今のお母さんには頼っちゃいけない。
自分の力で、部屋まで戻らなきゃ。
そう思いながら、必死に這《は》いつくばるように部屋を目指した。
だけど、それはまだ地獄の始まりにすぎず。
ようやく部屋までたどりついたあたしはベッドに寝転がる。
だけど、眠れない。
まぶたを閉じても、眠ることができないのだ。
頭の右あたりがズキズキして、胸のあたりがモヤモヤして。
身体には力が入らない。
ボーッとしていると、また吐き気が襲ってくる。
もう、出すものなんてないのに。
つらい、苦しい、痛い。
それでも今のお母さんに迷惑はかけられないと、春休み中あたしは風邪を装ってあまり部屋から出ないようにした。

「あるみ、痩《や》せた？」

「あ、うん……春休みダイエットしたんだ」

「あんまりムリすんなよ、なんか顔色もよくないしさ」

「大丈夫だよ、ちょっと風邪も引いちゃったりしただけだし」

高校の入学式。

本当は家で寝ていたかったし、学校で嘔吐したりしないか不安だった。

だけど、つらいながらもあたしが元気になるように、栄養のあるごはんを作ってくれているお母さんを見ると、それには答えるしかなかった。

クラス発表で一緒になったヒメちゃんと、慣れない高校の廊下を歩きながらそんな会話をする。

ダメだ。

やっぱりヒメちゃんにも迷惑はかけられない。

寄りかかっちゃいけない。

そう思うと、その時のあたしは、やっぱり誰にも頼ることができなかった。

「ゲホッ……し、失礼します」

高校生になってから数日たっても相変わらず体調は不安定なままで、さらに本当に風邪も引いてしまった。

だけど入学したばかりのこの時期に学校を休むと大変になるので、だいぶムリをしていた。

しかし、さすがに目に見えて弱っているあたしを心配したヒメちゃんに言われて、保健室に薬だけでももらいに来たのだが……。

「い、いない……」

授業中ということもあってか、保健室の先生は不在で。

結局薬をもらうことはできなさそうである。

「……」

「……おぉうっ……」

薬はあきらめて教室へ戻ろうと、振り返った時。

いつの間にか目の前にあったその影に、慌てて色気もなにもない声を漏らした。

「っ……ケホッ……ご、ごめんなさい」

わけもわからないまま謝って、背の高いその人を見あげると……。

「……」

男の子なのにキレイで整っているその顔立ちに、思わず見とれた。

艶のある黒髪も、女子くらいちっちゃいんじゃないかってくらいの小顔も。

そのくせに、すごく男の子らしい広い肩幅も。

視界に入るそのすべてに、目が離せなくなった。

「……先生、いないの？」

薄くて形のいい唇がそう動いて、黒くて透きとおった瞳が、あたしを見おろす。

「そ、そう……みたい？」

「なんで疑問形？」

「あ、あたしも、よくわからないから」

「……そ」

同じ一年生かな？

でもでも、こんなカッコいい人初めて見たし……。

もしかして上級生？

ボーッとする思考をめぐらせながらも、そこから動けずにいると。

「……具合、悪いの？」

「ちょっと、風邪で……」

「寝れてない？」

「な、なんでですか……」

「目の下にクマできてるから」

なぜか初めて会った彼にそう言われて、保健室の入口にあった鏡を見てみると……。

さすがにひどい……。

もはや年頃である女子高生の顔じゃないし。

そう思いながら、はぁと小さく息を吐いた。

「ちょっと、付き合って」

「……え？」

いきなりそう言って、ガラリと保健室の扉を閉めた彼。

ますますわけがわからないままつっ立っていると、そんなことを気にもとめず、彼は保健室の窓をひとつ開けた。

サァアッと草木のこすれる音がして、ぽかぽかした春風が入ってくる。

そこに、とても静かで、のんびりとした空間ができあがって。

風でなびいた邪魔な髪を直そうと耳にかけると、窓の前に立っている彼にまたも見とれた。

「こっち来なよ」

「なにか、するの……？」

「べつに」

「……」

なんなんだ、それは。

いきなり付き合ってと言って、なにもしないのにこっちへ来い、だなんて。

それこそわけがわからない。

カッコいいからって、なんでも許されるわけじゃないんだぞ。

心の中でそう思いながらも、口答えできずに彼のもとへ寄っていってしまうあたし。

誰もいない保健室で男の子とふたりだなんて、それこそ危ないのかもしれない。

だけど、なんでだろう。

この人のそばにならいても大丈夫な気がした。

「ずいぶん素直に来るんだね。こんな所に男とふたりきりなのに。男好き？」

「ち、違うもん……っ」

皮肉を浮かべながらニヒルな笑みを浮かべる怪しいやつ。

あなたが来いと言ったんじゃないか。

むぅっとほっぺたをふくらませながらにらむと、隣の彼がぷはっと吹きだす。

「冗談。男好きには見えないね」

「……からかわないでください」

「だっておもしろいから」

そう言いながらクスクスと喉の奥で笑う彼。

ふーん。当たり前だけど笑った顔もカッコよくて、なんか悔しい。

そのあとも、時々からかわれながらゆるやかな時間が過ぎていく。

窓の外では、咲いたばかりのタンポポが揺れている。

きっと、この人は授業をサボりたくて。

だけどヒマだからあたしを話し相手に誘ったのかな。

そう思いながら時計をチラリと見ると、授業終了まであと二十分。

約三十分もの間、この人のそばにいたらしい。

名前も知らない。

学年も知らない。

カッコいい彼。

「どう？　そろそろ話す気になった？」

いきなりそう言った彼に、あたしは首をかしげた。

話すって……なにを？

「最近、泣いてる？」

「……え？」

「乾いた瞳、してるよ」

真顔でそう言う彼に、考えてみる。

あたし……最近、泣いてない。

お父さんが死んだ時も、身体が壊れはじめて、苦しい時も。

これからどうしたらいいのか、見当すらつかない、不安定な今も。

泣いたら、誰かに心配をかけるから。

泣いたら、誰かに迷惑をかけるから。

そう思い続けることで、あたしは頼り方だけでなく、泣き方までも忘れてしまったのだ。

「あな、たに……関係ないです」

「なんでそんなに抱えこんでるの？」

「関係、ない……」

「たぶん、あんたが思ってるより、泣くことって大事だよ」

「……関係ない……じゃん」

「明らかにムリしてるって、まるわかりだもん。あんた」

「……う、うるさ……い」

頭がズキズキしはじめる。

視界がぐらつく。

足もとが、足に力が、入らない。

「あんたがムリしても、なにも解決しないんじゃない？」

「っうるさい……ッ」

久しぶりにそんな大声を出して、あたしは床に崩れおちた。

……ううん、崩れおちなかった。

まただ。

また、自分でもわかるくらいムリをして。

勝手にへたばって。

だけど、迷惑をかけられないからと、またひとりで一生懸命立ちあがる。

だけど、今回は違った。

「なん……で……」

「……知らない」

ひとりでへたばろうとするあたしを、そこにいる誰かが支える。

この頼りないあたしの背中にギュッと手を回して、温かい誰かが、あたしをギュッと抱きしめている。

「な、んで……？」

「だから知らないって」

「ねぇ、なん……でっ」

「うるさい」

「なんでよ……ぅっ」

久しぶりに泣いたんだ。

誰なのかすら知らない、その彼の胸で。

今まで溜めこんでいたものが、涙になって流れていくみたいに。

家では我慢していた嗚咽も、弱音も、全部彼の胸に吐きだした。

泣いてる間もずっとあたしを支えてくれたその腕は、初めてあたしが頼った証だった。

「もう、はなし、て……っ」

「やだ」

「は、鼻水ついちゃうっ……」

「いいよ、ちゃんと除菌するから」

「しっ、失礼な……！　除菌って、あっ、あたしべつに菌は持ってないもん……っ」

しばらくして涙が引いてきた頃、離してもらおうと彼の胸板を押した。

だけど、相手さんは全然離そうとはしなくて。

「また、迷惑かかるって思ってる？」

「……っ」

痛いところをつかれて、胸板を押す手から力が抜ける。

たったさっき。

初めて会った彼なのに、どうしてこうも見透かされているんだろう。

きっと、泣き痕《あと》ですごいことになっているだろう顔を上げて彼を見ると。

まっすぐあたしを見ているそのキレイな瞳に。

あぁ、敵わない……とひそかに思った。

「迷惑なんて、誰も思わないよ」

「……ウソだ」

「ウソじゃない」

「……ウソだもん」

「宇治橋千尋」

「……え？」

「俺の名前」

宇治橋……くん？

なんでいきなり名前なんか……。

「あんたは？」

「あ、あたし……？　羽咲ある、みです……」

なんでこのタイミングで自己紹介？

そう思いながら、首をかしげると。

「あるみがどんな過去を背負ってるのかなんて、俺は知らないし。べつに聞かない」

「……」

「だけどあるみは今。この腕があるみの頼りになってること、わかったはずだよね」

ギュッとあらためてあたしを抱きしめる腕に、力がこもる。

「だったら、一回試してみなよ」

「た、めす……？」

「変われ、なんて言わない。溜めこむな、なんて言わない。ただ、頼ってみればって言ってんの」

彼はふわりと、あたしの小さな肩に頭を乗せる。

「その代わり、俺もあるみに寄りかかるから」

「あたし……に」

「交換条件ってとこ」

耳もとでささやくようにしゃべる彼。

吐息がかかって、少しくすぐったい。

「俺に寄りかかっていいから、寄りかからせて。それだけの話。簡単じゃん」

「宇治橋……くん」

名前を呼ぶと、ゆっくり彼が頭を上げた。

「千尋、でしょ。あるみ」

それは、ある春のある時間の出来事。

彼とあたしの、小さな出逢い。

「……千尋、くん」

「……うん」

強がりだったあたしに〝寄りかかり方〟を教えてくれたのは。

そんな彼でした。


その日から千尋くんといる時間は少しずつ増えた。

朝のホームルーム前、休み時間、下校時間。

どの時間もただふたりで他愛ない会話をして。

移動教室で彼の教室の前を通る時には目が合って手を振るあたしに、優しい笑顔でヒラヒラと振り返してくれたり。

クールで無表情が印象的な彼が、そんな顔もするんだとドキリとした。

あの日以来、とくにあたしに踏みこんだ話をしてくるわけでもなく。

ただ、少しでも悩んでいることがある時。

今までなら胸のうちにたくさんたくさん溜めこんできていたそれを、なぜだか彼はすぐに見透かしてしまうようで。

「べつになにも言わなくてもいいけど、俺の前では泣きたい時は泣いていいんだよ」

そんな少しぶっきらぼうだけど、あたしを甘やかしてくれる優しさに何度も救われた気がした。

「あるみ」とあたしの名前を呼ぶその声にすごくすごく安心して。

「泣き虫」ってあたしのぐちゃぐちゃの泣き顔を見て温かく笑うその笑顔に……すごくキュンとして。

彼と出逢って二週間ほどたったふたりの帰り道。

「あるみ」

「なに?　千尋くん」

道端に咲いていたタンポポの花をキレイだと眺めるあたしに、彼はずるい質問をした。

「そろそろ俺のこと好きになった？」

「……えっ⁉」

そんなこと考えてもみなかった。

ただ千尋くんといるとすごく安心できて、楽しくて、ドキドキして。

今まで恋をしたことのなかったあたしにとっては、その感情のどれもが初めての経験で。

「す、好き……⁉」

「そう、好き」

焦るあたしをよそに、彼はちょっとだけ余裕そうに微笑んでみせる。

まるでもう、自分でも気づいていないあたしの答えを知っているみたい。

そう、気づいていないだけであたしは本当はとっくの昔に恋をしていたのだと……今初めて知る。

自覚したとたんに、カーッと耳とほっぺたが熱くなるのを感じた。

「ち、千尋くんなんで笑ってるの⁉」

目の前の男はそんな様子を見てクスクスと楽しそうである。

「だってあるみの口から聞かなくても、その顔見れば答えわかっちゃうんだもん」

「うっ……！　じゃあ言わない！　答えない！」

赤い顔でムッと唇をとがらせてそっぽを向けば。

「まぁいいけどね、じゃあ俺も言わない」

なんて、そんなのずるい！

赤いままのほっぺたを両手で押さえて、少々上目遣い気味に隣の彼を見あげる。

そこにはやっぱりなんだか余裕そうな顔でふふんとあたしを見おろす彼がいて。

その顔がまたカッコよくて。

あぁもう、張りあったところでこの人には勝てないのだろうな……なんて。

「うぅ……す、すすすすす」

「噛みすぎ」

「気合い入れてるんだから、ちょっと待って……！」

「はいはい」

まさか予想外だ、人生初の告白を今ここでするなんて……。

しかもあたしから……いやでも、会話のもとをたどればほぼもう誘導尋問《ゆうどうじんもん》じゃないかこれ？

なんていろんなことにパニックになりつつ、よし！　と心を決めて決心のついた顔でもう一度彼を見あげれば。

「そういうかわいいとこも全部好きだよ、あるみ」

「……っへ⁉」

不意打ちに、優しい顔した彼にそうささやかれ……。

「ず、ずるい‼　あたしが言おうと思ったのに‼」

「だって遅いから」

「せっかく気合い入れて……ようやく決心がついたのに……」

「これで終わりじゃないでしょ？」

「……え？」

「あるみからの言葉、まだ聞いてないよ」

「う……」

こてん、と首をかしげて「ん？」という顔をする彼。

もうすべてにおいてずるい……。

でもそんな千尋くんの全部が……。

「あたしも……千尋くんが好きです」

勇気を振りしぼってそう言えば。

「よくできました」

なんて、ちょっとふざけながらあたしの髪をなでた彼。

少しだけあたしと同じように頬が赤いのは、照れてるってことでいいんだよね？

クールで意地悪で、でも時々とびきり甘い千尋くんに。
きっとあたしはもっともっとおちていくのだろう。
それはあたしと千尋くんが付き合うことになったある春の出来事だった。

きらい、きらい、きらい、好き

あたしと千尋くんの出逢いは、マンガのようなロマンチックな出逢いでもなかったし、感動できるような劇的な出逢いでもなかった。

だけど、そんな彼があたしを救ってくれたことも、つらかった毎日を変えてくれたことも、また事実であって。

千尋くんは、あたしの世界を変えてくれた、大切な人。

だからこそ、彼を傷つけることなんて、絶対にイヤだ。

彼を失うなんて、絶対にイヤだ。

でも……。

千尋くん、ごめんなさい。

だけどね、あたしだって苦しいんだよ……。


「ごめん、遅くなった」

「ううん、大丈夫」

その日の放課後。

古典の授業の終わりに、千尋くんに「話がしたい」とメッセージを送って、放課後の今、誰もいない空き教室に来てもらった。

先にいたのはあたしで、その五分後くらいに呼びだされた千尋くんがやってきた。

昨日の帰りにぎくしゃくして以来、話すのは今が初めてで。

ドクドクと、変に緊張して心臓が速く動く。

……落ち着け。

悟られちゃいけない。

今のあたしは。

いつものあたしであっちゃいけないんだ。

昨日織音さんから話を聞いて、いろいろ考えた。

いっぱい、いっぱい。

考えた。

梓さんのこと。

織音さんのこと。

瑞穂くんのこと。

あたしのこと。

千尋くんのこと。
千尋くんと出逢った時にした、頼りあうって約束。
いつもヒメちゃんが言ってくれる、ワガママな女になれっていう言葉。
それを全部ぜーんぶ、考えた上で。
あたしが出した答え。
きっと幻滅されちゃうと思う。
きらわれちゃうと思う。
でも、あたしはこれ以外に答えを知らないから。
ワガママな女でいさせてね、千尋くん。
「……別れよ、千尋くん」
……あたしが選んだのは。
大好きな千尋くんを傷つけてでも、守るべきものを守ってほしいというワガママ。
ううん。
精一杯の、強がり。
夕日が沈みはじめた、オレンジ色の教室。
逆光になって、窓側にいるあたしの表情は、きっと彼からはよく見えない。
「……あるみ？」

「なに、千尋くん」

泣いちゃいけない。

声を震わせる素振りさえ、見せちゃいけない。

大丈夫、千尋くんと出逢う前はいつも強がって生きてきたんだもん。

それくらい、簡単。

「なにかあったの？」

「べつに？」

ううん、本当はいろいろあった。

このバカな頭でいっぱい考えた。

「また瑞穂か誰かに変なこと吹きこまれた？」

「ううん、最近は瑞穂くんにも熾音さんにも会ってないし」

「バカなこと考えてるんだったら、ちゃんと俺に話してよ」

「バカなことなんて考えてないよ。千尋くんに話すことも……なにもない」

夕日に照らされて見える千尋くんの表情は、いつもと変わらない無表情で。

本当は別れたくなんてないんだよ。と、今すぐにしゃべってしまいそうな口を、一生懸命つぐむ。

そして、あたしはこれから彼を精一杯傷つける。

「正直に言うと、冷めた……っていうのかな」

ううん、そんなことあるわけない。

あたしはずっとずっと千尋くんが好きだよ。

「たぶんね、あたし千尋くんと逢うまで誰とも付き合ったことなかったし。初めてできた彼氏だったからさ、浮かれてたんだと思う」

本当は、こんなこと言いたいんじゃないのに。

あたしは今でも心から、千尋くんが初めてできた彼氏でよかったって思ってる。

浮かれてなんてない。

「たしかに、千尋くんと付き合ってて楽しかったけどさ」

今もずっと楽しいんだよ。

「もう、千尋くんといてもドキドキとかしないし。正直、一緒にいたいと思わないんだ」

ウソ、ウソ、ウソ。

あたしは千尋くんにずっとドキドキしてるよ。

ずっと一緒にいたいって、初めて思ったよ。

「だからね、別れてほしいの」

ううん……別れたくなんて、ない。

「今のあたしに、千尋くんは必要ないし」

そんなわけないじゃん……。

「もう、潮時《しおどき》っていうか……」

そんなこと、本当は思ってないんだよ。

「千尋くんのこと……もう、きらいになったからさ」

きらい、きらい、きらい、あたしは千尋くんがきらいなんだよ、と心に言い聞かせる。

でもそんなのやっぱりウソで……ほんとは胸がはりさけそうなくらい大好きで仕方ないの。

大好き、千尋くん。

そう言えたら、どれほど楽なんだろう。

「……あるみ」

「……な、なに？」

一方的に話すあたしに、ようやく千尋くんが口を開いて。

ゆっくり顔を見あげれば、やっぱりまだ彼は無表情のまま。

ねえ、もっと傷ついた顔してよ。

悲しい顔でも、怒った顔でもなんでもいいから……あたしにあきれた顔を見せて。

信じてくれてないの？

あたしは、千尋くんがきらいなんだよ。

千尋くんを、傷つけてるんだよ？

「あるみ、とりあえず変なこと言うのやめて話そう？」

「……」

だけど、やっぱりまだあたしの言葉を信じきってくれてないらしい彼に、あたしはゆっくり近づいた。

あぁ、やっぱり持ってきてよかった。

今日の朝、無意識のうちに持ってきていたソレを。

あたしはスカートのポケットから取りだす。

「これも、もう必要ないよね」

シャラリ、とキレイな音をたててつかんだソレは。

千尋くんとの初めての記念日にもらった、おそろいのネックレス。

チラリと千尋くんの首もとを見あげると、そこにはちゃんとソレと色違いの石が埋めこまれた同じものが。

あたしといる時は、いつもつけていてくれる。

だけど、あたしはこのネックレスを。

「……返す、から」
ギュッと手が震えないように握りしめて、目の前の千尋くんに差しだす。
だけど、千尋くんはなかなかそれを受け取ってはくれない。
もう、あと戻りはできないんだ。
だったら……。
「……返すって、言ってるじゃん」
とことん、最低な女になろう。
そのほうが、千尋くんだって吹っきりやすい。
スッと力を抜いた手のひらから。
キラリとピンク色の石を光らせたネックレスが、ゆっくり落ちていく。
チャリッと音をたてたソレは。
ゆっくりと千尋くんの足もとに落ちた。
さぁ、これであたしは誰から見ても最低な女だ。
最低と言って罵《ののし》ればいい。
ウザいとでも言い返してくればいい。
もうあたしのことなんて好きじゃないと、あたしの頬をひっぱたけばいい。
千尋くん。

千尋くん。
千尋、くん……。
見あげた先にあったのは。
初めて見る、ひどく傷ついた千尋くんの顔だった……。
どうして……。
そんな顔されたら、あたしの決心が揺らいでしまう。
本当は、まちがっていたんじゃないかと、不安になる。
あたしはただ……千尋くんにも、瑞穂くんにも、熾音さんにも、梓さんにも。
一番幸せになってもらえる選択をしたのに……。
そんな顔、しないで千尋くん。
大好きだから……。
大好きなんだから……。
「……っバイバイ」
いてもたってもいられなくなったあたしは。
千尋くんに最後の別れを告げて、空き教室を飛びだした。
「っは……っは……っは」

今までにないくらいの全速力で、とにかく千尋くんから離れた場所へと走る。

息が荒くなってきて、足の感覚もわからなくなる。

「ッあ……！」

そして、ちょっとした段差につまずいたあたしは、そのままド派手に地面へと倒れこんだ。

下はコンクリートで、ぶつけた鼻とおでこ。

すりむいたっぽい膝が痛い。

だけど……なにより一番に、胸がギュウッと苦しい。

「……どこ……ここ」

とりあえず周りを見渡すと、よくわかんない場所で。

もうすっかり暗くなったこともあるせいか、来た道さえも覚えていない。

幸い、住宅も少なく、人気もない。

プツリ、と。

我慢していたものが、勝手に溢れだした。

「――うあぁあぁぁあ……っ」

あたし、千尋くんにひどいことしたんだ。

そして、千尋くんと……。

人目も気にせず、ただ子どものように泣きじゃくる。
昼間はぽかぽかしていた秋の風は、あたしに冷たく。
ひんやりと、スカートから出ている足をなでていく。
上を向いて泣いているのに、涙のせいで星すら見えない。
あたしは、大切な大切な彼を。
自分から手放した。
一番傷つけちゃいけない人を、自ら傷つけた。
バカだし、最低なんだって……わかってる。
だけどあたしには。
これ以外の方法がわからなかったんだ。
千尋くんとお別れした、高一の秋の夕刻。

大事なふたりの訪問客

たぶん、こうしてることが一番よくないんだと思うし、一番迷惑をかけちゃうんだと思う。

だけど……やっぱり、昨日の今日で千尋くんには会えない。

千尋くんと別れた翌日、あたしはそう思いながらも学校を休んで、ひたすらベッドにもぐりこんでいた。

「……明日から、ちゃんと学校行けるのかな……」

彼氏ができたのは千尋くんが初めてで。

ということは、好きな人とお別れをするというのも、あたしにとっては初めての体験なのだ。

世の中の女の子たちは何日くらいで立ち直れるんだろう……。

あたし、いっこうに自分の足で立ち直れる気がしないのだけれど……。

すっかり腫《は》れた目をこすりながら、ただただボーッと過ごす。

ついこの前までは、休みの日にこの部屋に千尋くんがいることは、ごくごく当たり前の光景だった。

カラーボックスの上にある、千尋くんとの写真が入った写真立てはまだ片づけていないし。

スマホの裏のプリクラも、まだはがしてなかったっけ。

きっとリビングに降りたら、千尋くんと一緒にキッチンに立ったことを思い出す。

千尋くんとのことを、喜んで応援してくれていたお母さんには、まだ別れたことを伝えられてないし……。

……本当、バカ。

あの宝物であるネックレスを返したくらいで、てっきりあたしなりのケジメはつけたつもりでいたんだもん。

自分から振ったくせに……。

さんざん彼を傷つけたくせに……。

バカみたいに未練たらたらだ……あたし。

昨日から考えすぎと泣きすぎで痛くなる頭を押さえながら、はぁと大きく息を吐いた。

後悔してるんじゃない。

あと戻りしたいわけじゃない。

だけど、どうしていいのかも、わからない。

そう思いながらゆっくりとまたまぶたを閉じた時。

――♪

スマホの着信が鳴る。

それは、ちょっとだけ期待してしまった彼からのもの……ではなく。

ヒメちゃんからの着信だった。

力の入らない指先で通話ボタンをタッチして、ゆっくりとそれを耳にあてる。

『家の前いるから、鍵開けな』

「……ヒメちゃん、それだけ聞いたらただの脅迫《きょうはく》電話……」

そうつぶやきながら部屋の掛け時計を見ると、時刻は夕方の四時過ぎ。

どうやら、学校を終えたヒメちゃんがまっすぐうちに来てくれたらしい。

「あ、あのね……ヒメちゃん。あたし今、人に会えるような顔じゃ……」

『平気平気。あるみの泣き顔って、なまずみたいでかわいいから』

「それってかわいいの……？」

できれば今日は誰にも会いたくなかったのだけれど……せっかく家まで来てくれたヒメちゃんに悪いので、とりあえずベッドから立ちあがる。

なにも食べていないせいか、一瞬よろけて転びそうになった体勢を、なんとか踏んばってもとに戻した。

落ちこんだあたし、力なさすぎる……。

電話の向こうでヒメちゃんが、急がなくていいから転ばないでと心配している。

忠告どおりに、ゆっくりと階段を降りて玄関のドアノブに手をかけたあたしは。

扉を開けて、目を丸くする。

そこにいた彼の姿に。

「み、瑞穂……くん」

そこにいたのは、片手にスマホを持ったヒメちゃんと、制服姿の瑞穂くんだった。

「な、なんで……」

てっきりヒメちゃんひとりだと思っていたあたしは、驚きを隠せないまま尋ねた。

「話、あるみたいよ。あたしがここに来たら、中に入りづらかったのか知らないけど、家の前でウロウロしてたからさ。最初近所の子かと思ったんだけど、顔見たらなんとなく察しがついて」

「べっ、べつにウロウロなんてしてねぇ！　たまたま通りかかっただけだ」

「でもあるんでしょ、話」

「……」

ヒメちゃんの問いかけに、瑞穂くんは少しだけ唇をとがらせてうつむいた。

あたしに話があるってことは、すでに千尋くんから別れたことを聞いたってことだろう。

「あたし少しそのへん散歩してくるから。まずはふたりで話つけていいわよ」

「ご、ごめん。ヒメちゃん、ありがとう」

気を使ってそう言ってくれたヒメちゃんに、両手を合わせてお礼を言うと。

相変わらず化粧の濃い顔を横に揺らしたヒメちゃんは、そのままうしろを向いて玄関から出ていった。

そして、静かな玄関に残るあたしと千尋くんの弟、瑞穂くん。

「とりあえず……中、どうぞ」

「……お邪魔します」

心なしか、むすっとしている瑞穂くんを、話しやすいようにリビングへと通した。

今は仕事でお母さんはいなくて、リビングにはあたしと瑞穂くんのふたりきりだ。

ソファの下のテーブルの横に座った瑞穂くんにお茶を出そうとしたら、いらないと断られた。

仕方ないので、あたしも黙って瑞穂くんの向かい側に正座する。

あ、そういえばあたしパジャマのままじゃないか……と気づいたあたりで、唐突に瑞穂くんが口を開いた。

「……バッカじゃねぇの？」

「……………」

怒りがこめられたわけでもなく、悲しいわけでもなく。

ただただ重い、その言葉。

そんなこと、一番自分がわかっているんだもん。

「……バカだよ。聞いたでしょ、千尋くんから。初めてできた彼氏に浮かれて……だけど、冷めちゃったらあとは相手を傷つけることしか知らない、バカな女だって」

「ちげぇよ。わかんねーと思ってんの？　こちとらあるみがなにを考えて、兄ちゃんと別れたかなんて、わかりきってんだよ」

「な、なに……それ。あたしはただ千尋くんに冷めただけだよ」

「ウソ、つくなよ」

眉間にしわの寄った瑞穂くんと、チラリと目が合った。

やっぱり、その顔は千尋くんとそっくりだけど……千尋くんはそんな表情しないかな。

「ウソじゃないよ。それ以外の理由なんて……ない」

「織音から聞いたんだろ。海外のこと……」

「……聞いたよ。聞いたけど、それとこれとは別の話だもん」

「俺、わかってたよ。もしこの話をあるみが聞いたらどうするのか。きっと、兄貴もそれをわかっててあるみに話したんだと思うし……。それで結果、こうなった」

すでに、瑞穂くんには見透かされてしまっている。

あたしが千尋くんと別れた理由を。

だったら……もう、隠しても意味はないよね。

「あるみ、そりゃ俺、まだまだガキだよ。ガキだけど！　あっちへ行くくらい、ひとりで全然平気だし。あるみに心配されるほどやわでもねぇ」

「そんなの、瑞穂くんの強がりだよ。誰だって、いきなり環境が変わったら戸惑うし、こわいと思う」

「だ、だからって、兄ちゃんが一緒に来たってなにも変わんねーよ！」

「今はそう思っても、きっと近くに頼れる誰かがいたほうが、安心できるよ。あたしは瑞穂くんに、安心して楽しい毎日を過ごしてほしいもん」

少し興奮して声が大きくなる瑞穂くん。

だけど、あたしは落ち着いたまま答えていく。

「だからって……俺のために。俺なんかのために……なんで、あるみがそうやって傷つく必要があんだよ！」

「傷つく？　傷ついてるのは、あたしじゃない……。あたしは傷ついてるんじゃなくて、傷つけた側だから……」

「バカじゃんか。誰だって、わかるよ……あるみのそんな様子見たら。どんだけあるみがつらい思いしてんのかって」

瑞穂くんにそう言われて、ふと横の窓ガラスを見る。

たしかに、そこに映ったあたしの姿は……醜《みにく》くひどいものだった。

「ずっと自分だけを加害者だと思ってないでさ……気づけよ、自分も被害者だって。あるみも兄ちゃんと同じだけ、傷ついてんだよ……」

「……ううん、あたしは加害者だよ」

「あるみだけが、そんなに自分を責めんなよ」

「瑞穂くん……」

「ごめん……ごめんな、あるみ」

ギュッとテーブルの上で握られた瑞穂くんの拳が、微かに震える。

あたし知ってるよ……知ってるから。

本当は、瑞穂くんだってつらいんだってこと。

それなのに、あたしのことを考えてくれて、今日家まで会いに来てくれたこと。

ちゃんと、わかってるから……。

「俺がまだガキだから……兄ちゃんやあるみにも、迷惑かけて」

「瑞穂くん……迷惑、なんて思ってないから」

「俺、あるみが好きだ。今まで遊んできた好きとは違う。本気の好き」

「うん……」

「だから……だからこそ、迷惑なんてかけたくなかったのに」

「うん……」

うつむいてそう言った瑞穂くんに、あたしはゆっくりうなずいた。

いつもは生意気で、意地悪してばっかりな瑞穂くん。

だけどやっぱり、宇治橋家の三兄弟はみんな優しくて。

みんな温かい。

だからこそ、そんな瑞穂くんだからこそ……あたしはこの決断ができたんだよ。

「……本当は、あるみの言ったとおりこわかったんだ。カッコわりぃけど」

「カッコ悪くなんてないよ。だから、ちゃんと聞かせて」

「向こうに行くってことは、もう友達にも会えねぇし。今の学校離れるのもイヤだった。ちゃんとみんなと卒業もしたかった。俺、結構気さくなほうだけどさ……やっぱりよく知らない環境で急にひとりなんて、こわくて仕方なかった」

そりゃ、そうだよね……。

あたしだって、絶対にそうだ。

「だから、もし兄ちゃんが一緒に来てくれるなら。正直本当に安心するんだ。……だけど、それがあるみと兄ちゃんを引きはなす原因になるくらいなら……俺は」

「もう、終わろ」

瑞穂くんが話している途中で、あたしは会話を遮った。

その先は……聞きたくない。

「あたしは、瑞穂くんにも千尋くんにも幸せでいてほしいから。自分からこの道を選んだんだよ。だから、そんなに落ちこまないでよ」

「……あるみ」

「落ちこむ瑞穂くんが、見たかったわけじゃないから……さ」

「なんで、さ。あるみは俺のためにそこまでするわけ……？」

子犬みたいな目をした瑞穂くんが、不思議そうにそう尋ねた。

あたしが、瑞穂くんにそこまでする理由。

そんなの……。

「大好きだからに、決まってんじゃん……」

これは、ウソ偽りのない本心で。

正直迷ったよ。

織音さんから話を聞いた時。

あたしには千尋くんに行かないでと言うチャンスなんか、いっぱいあった。

いつもあたしをからかう瑞穂くんをかばう理由なんて、あたしにはないはずだった。

だけど、それができたのは。

「熾音さんがね、言ってくれたの。あたしのこと本当の妹みたいにかわいいって」

「兄貴が？」

「うん。それ、聞いて思ったんだ。たしかに瑞穂くんは口とか、あたしへの態度が悪い時あるけど……それも、もしかしたらかわいいのうちに入ってたんじゃないかなって」

ただ、気づいたらきらいではなかった。

ただ、気づいたら彼氏の弟なんてそんな小さなくくりじゃなくなっていた。

ただ、気づいたら……。

「熾音さんがあたしに言ってくれたのと同じ。今の瑞穂くんは、あたしにとって本当の弟みたいにかわいい存在なんだよ」

だから、それに気づいた時。

あたしの中で、千尋くんを引き止める選択なんて。

どっかに吹きとんじゃってたんだ。

「まじ……バカ」

「なんとでも言いなさい。瑞穂くんはあたしのかわいい弟だから、今日は暴言も大目に見るよ」

屈託のない笑みでにへらっと笑うと、いつの間にか目に涙を溜めた瑞穂くんが、ギュッと口をつぐんでいた。

本当はこわかったんだもんね。

目一杯強がってたんだもんね。

その気持ちは、痛いほどわかるから。

男の子だけど、今日くらい泣いていいんだよ。

優しくそう言って瑞穂くんの頭をなでる。

初めてあたしに弱さを見せた瑞穂くんは、カッコ悪くなんてなかったし、かわいそうでもなかった。

ただただ、今日だけはそんな彼が。

とても愛おしく見えたんだ。

「じゃあ、元気でね」

「……あるみ」

話を終えて、瑞穂くんを玄関まで送る。

だけど、やっぱりまだ腑《ふ》に落ちてない様子の彼は、少しだけ表情に戸惑いを浮かべていた。

ごめんね、あたしひとりでズカズカ決めちゃったりして……。

だけどね、あたしはやっぱりこれでよかったと思ってるから。

靴を履いた瑞穂くんの背中をトンッと押して、じゃあねと別れを告げる。

薄暗い表情のままうなずいた彼は、そのまま玄関の外へと足を踏みだした。

バイバイ、バイバイ、瑞穂くん。

そのうしろ姿に、心の中でそうつぶやく。

しばらくしてから、気を使ってくれていたヒメちゃんが外から戻ってきた。

まるで遊びに来た時みたいにお邪魔しますとつぶやいて、あたしより先に階段を上っていく。

「い、今あたしの部屋散らかってるよ……」

「いーのいーの。リビングじゃゆっくりできないもん」

「お茶は?」

「飲む飲む! 冷たいのね」

いつもどおり、遠慮がなく、自由気ままなヒメちゃん。

だけど、堅苦しい空気よりこっちのほうが断然楽かもしれない。

ため息と一緒に笑みをこぼしながら、ヒメちゃんのための冷たいお茶を淹れようと、リビングへ進んだ。

さっきスマホを確認した時、今朝何件かヒメちゃんからの『どうしたの?』っていう連絡が入っていたことを思い出す。

具合が悪くて学校を休む時は必ず学校より先にヒメちゃんに『今日は休むね』って連絡していたくらいだ。

返す気力がなくて返信しなかったから心配して来てくれたんだろう。

昨日も千尋くんにお別れを告げることで精一杯で、放課後までの様子もおかしかっただろうし……。

いざ家に来てみたと思えばこの見た目じゃあ……なにかあったのは一目瞭然《いちもくりょうぜん》なわけで。

ヒメちゃんにはここ最近の出来事をなんて説明すればいいのだろう……。

そう思いながら、冷蔵庫から取りだした麦茶をお客様用のグラスに注いだ。

お茶を淹れたグラスふたつをおぼんに乗せて、リビングから出る。

カラカラとグラスの中の氷がぶつかりあって、キレイな音が出ていた。

……ヒメちゃんのことだから、なんで別れたの? どっちから? なんて質問攻めされそうだな。

相談はしなかったけど、頼れなかったわけじゃない。

迷惑をかけたくなかったから。

本当のことを言ったら、きっとヒメちゃんは自分を大切にしろって言ってくれたと思うから。

でも、あたしにはそれができなくて……。

できれば、誰にも本当のことは知られずに、自分ひとりで抱えこむつもりだった。

だから……やっぱり、親友のヒメちゃんにも、本当のことは言えないのかもしれない。

ガチャリ、ドアノブをひねって中に入ると、ベッドの上でヒメちゃんがスマホをいじっていた。

「ごめんねー、気使ってもらって」

「うん、謝ってる態度には見えないよね……」

「あはは、それもそうか」

よいしょっと起きあがったヒメちゃんは、テーブルの上にいじっていたスマホを置くと、なにやらカバンをあさりはじめた。

その様子を不思議に見ながら、お茶の乗ったおぼんをテーブルに置く。

「あ、あったあった。ジャーン」

「……お菓子……？」

しばらくしてヒメちゃんがカバンから取りだしたのは、コンビニの袋に入った大量のお菓子だった。

「……なに、これ？」

「え、ポッキーきらい？」

「い、いや好き！　じゃなくて、なんでこんなに……」

「はは、まぁ、お見舞いの手土産だとでも思ってよ。食お食お」

呆然とするあたしを横に、楽しそうなヒメちゃんはその大量なお菓子を次々に開けていく。

いやいや、絶対全部は食べきれないってヒメちゃん……。

「あ、テレビつけていい？」

「え、うん……」

「このドラマの再放送見たかったんだー」

「……ヒメちゃん」

あたしにはなにも聞かずに、ただいつもどおり普通に接してくれる。

なんで、ヒメちゃん……。

「聞かないの……？」

「なにを？」

「あたしがなんで休んだかとか……」

あたしがおそるおそる聞くと、ヒメちゃんはテレビから視線を離さないまま口を開く。

「なんでそんなブサイクな顔をしてるのかとか？」

ひ、ひどい！　もう少しオブラートに……！　ていうか、さっきかわいいって言ったじゃないか！　と思いながらも、あたしはまた尋ねる。

「自分でも昨日の様子がおかしかったことはわかってるし……今日もヒメちゃんからの連絡ずっとムシしちゃってたし……だから強行突破でうちに来たんじゃないの？」

「強行突破って……あのね、べつになにがあったかなんて聞かないよ。あるみがなに考えてんのかなんて、聞かない」

「ヒメちゃん……」

「たしかに昨日のあんたの様子はおかしかった、もとからボーッとしてるのにその倍くらいボーッとしてるし、何回も壁に激突するし、授業中あるみのほう見たらなんかひとりでこの世の終わりみたいな顔してたりするし」

き、昨日のあたしそんなにひどかったのか……たしかにボーッとしてて覚えていない……。

「なにかあったんだろうなとは思ってるよ、だって友達だもん。そんなのすぐ気づくよ。あんたが強がってんのも全部知ってる」

思っていたよりもたくさんたくさん彼女はあたしのことを考えてくれていたらしい。

「でも、無理やりなにがあったのかなんて聞かない。もしあるみが『どうしたらいい？』って迷ってる時はもちろん手を差しだすよ。でもそうやって言わないってことは自分でちゃんと考えて決めたことがあるからでしょう？　あたしに相談しなくても答えを導きだせたからでしょう？　あるみがいっぱい悩んで出した答えがそれならあたしは文句なんて言わないし、理由も聞かない。あんたが決めたそれはまちがってないよ」

これが正解だったのか、ずっとずっと不安だった。

本当はただのあたしのひとりよがりで、誰も幸せになれない答えだったらどうしようと。

一日中布団の中で不安に押しつぶされそうだった。

それを初めて「あるみが決めたならまちがってないよ」と肯定してくれた彼女の存在が、なによりも大きくて、すごく心が救われた気がして。

「……ただ、あんたがつらい時はさ……そばにいさせてよ。それくらいのワガママ、いいでしょ？」

優しくそう微笑んだヒメちゃんを見た瞬間、胸からすごく熱いものがこみあげてきた。

「なにも話さなくていいよ」

「ヒ、メちゃん……」

「大丈夫。そばにいるから。今日はお菓子食べて、ただ一緒にいよ」

「……っ」

うれしいのか、感動して泣いてるのか。

自分でもわからない。

ただ、今出ている涙は、昨日とは違う温かい涙だった。

「明日は学校行こうね」

優しくそう言うヒメちゃんに、あたしは涙を止めることができないまま、ひたすらうなずいた。

あぁ、こういう時に言えばいいんだ。

初めてそう思う。

ヒメちゃんが親友で、よかった。

伸びた黒髪

それから千尋くんとは、言葉ひとつ交わすことはなかった。

クラスは違えど学年は同じなので、学校で顔を合わせることも少なくなかったし。

バッタリトイレの前で鉢合わせしちゃったり、なんてこともあった。

だけど、その時は決まってあたしが避けるように逃げて……。

千尋くんとは、意識的に目も合わせないようにしていた。

そして、人づてに聞いた。

千尋くんが、冬休みが始まる頃に転校するらしいと。

すごくあいまいなウワサで、周りの人たちもあたしに気を使ってか、あまりその話題は出さなかったけれど……。

事情を知ってるあたしは、千尋くんが瑞穂くんについていくことを決めたんだなと、またボーッと教室から窓の外を眺めるだけだった。

千尋くんとお別れをしてから一ヶ月がたち、高校生活初めての文化祭が始まった。

結論から言うととても楽しかった。

あたしたちの学校では、各学年から一クラスずつ舞台で出しものをする決まりがあるのだが。

運悪くも、くじ引きでその係になってしまったあたしたちのクラス。

学級会議で出しものはロミオとジュリエットの劇に決定して。

もちろん人前に立つのが苦手なあたしは、なるべく裏方の役がやりたいと志願したのだが……。

主役というものは出番も覚えるセリフも多いということで、立候補する生徒がひとりもおらず、あみだくじで決めることに。

くじ運のないあたしは、その時点で十分イヤな予感はしていたのだが……案の定、大当たりのロミオ役に。

そして、もうひとりの主役であるジュリエット役は、バスケ部のエースでもあり、学級委員でもある常磐津《ときわづ》くんがやることになり……。

見事に男役と女役の性別が反転した組み合わせができあがったのである。

少ない準備期間で、その派手な見た目から無理やり裏方役へ回されたヒメちゃんに手伝ってもらいながらも、必死でセリフを覚えた。

完璧とはいえないが、なんとかできることはやって、緊張しまくった本番当日。

しっかりと衣装も服飾科をとってる子たちに作ってもらって、舞台袖から出た瞬間。よほどあたしたちの光景が異様だったのか、どっと会場が笑いで包まれた。ただでさえ人並み以上に緊張しているというのに、なぜ笑われたのかすぐに気づかなかったあたしは、一気にパニックに。

溢れないように頭に詰めこんだセリフは、一瞬で頭から抜け落ちてしまい、どうすればいいのかさえわからなくなった。

そんなあたしを見かねたヒメちゃんが舞台袖からカンペを出してくれたのだが、もはやパニック状態のあたしはただただそれを棒読み。

そしてのぶとい男の声で、女のセリフをしゃべる常磐津くん。

会場は終始、観客の笑い声でにぎわっていた。

なんとか終わってからも、観客から感動した。とか、切なかった。などの感想はなく。

ほとんどが、「おもしろかった」や、「いいコントだった」などのお笑い意見ばかりだった。

すっごく緊張したし、こわかったけど。

それはそれで楽しかったし、結構好評だったらしく、違う意味であたしたちの文化祭は大成功だった。

気にはしてないつもりだったけど、ヒメちゃんにはお見通しだったらしく、劇が終わってからこっそり耳打ちされた。

「宇治橋くん、見に来てたよ」

その言葉になるべく動揺しないように「そっか」とうなずいて、あとは彼のことを考えずに文化祭を楽しもうと舞台をあとにした。

もし、千尋くんと回れてたら……もっと……。

……ううん、考えちゃダメだ。

初めての文化祭は、楽しかったけど、ちょっぴりムリをした。

あたしの隣に千尋くんのいない冬が来る。

彼が何日に海外に行ってしまうんだとか、はっきりしたことはわからなかったけど。

詳しくは誰にも聞かなかった。

ううん……聞かないようにしていたのかもしれない。

クリスマスイブの今日。

もうすでに近くに彼はいないということだけは、ヒメちゃんから聞いていた。

本当は、こんなこと思っちゃいけない。

考えちゃいけない。

だけど、想像してしまう。
千尋くんとのクリスマスを。
彼氏がいるクリスマスなんて、過ごしたことなかったし。
誰かと付き合うこと自体、千尋くんが初めてだった。
だから、どういうことをするのかなんて全然わからないけど。
きっと、一緒にケーキを食べて。
ふたりでいつもみたいにのんびりして。
プレゼントあげて。
……笑いあって。
きっと、それができたらあたし、ものすごく幸せだったんだろうな。
叶わない夢を、今になって想像してみる。
そんなことしたって、つらいだけなのに。
ひとりで過ごす、静かで切ないクリスマスイブ。
そのあとの元旦も、お正月も、バレンタインも、学校の行事も。
ヒメちゃんと過ごしたり、お母さんと過ごしたり。
決して、楽しくなかったわけではない。
いっぱい笑ったし、楽しいこともたくさんあった。

だけど、いつでも心の片隅はポカリと穴が空いていた。

まるでパズルのピースがひとつだけ足りなくて。

それは探しても探しても見つからなくて。

もうどうしようもできなくて。

ただただそのピースをひとりで、バカみたいに探し回るあたしが、心のどこかに存在しているのだ。

時間がたてば思い出になるよ。

なんて、よく聞くけど。

あたしにそれはムリだった。

むしろ、時間がたつほど彼の存在が大きくなっていく。

もう、押さえきれないくらいに。

あの頃に戻りたいと、意識とは別のところで声が聞こえる。

……聞きたくない、聞きたくない、聞きたくない。

後悔なんて、受けつけない。

あたしは、本当にいつか彼を……忘れられる？

彼以外の人に、ちゃんと寄りかかって生きていける？

そんな思いが身体中をめぐるうちに、季節は春の始まりを告げていた。

「入学式に雨って……かなりモチベーション削《そ》がれるわぁ」

「まぁ、あたしたちはただの始業式だからさ。新入生にとっちゃ、ちょっと気の毒だけど」

うちの高校では、全校生徒参加で入学式が行われたあとに、そのまま体育館で始業式が行われる。

初めてがたくさんの高校一年生は、ただあっという間に過ぎていった。

とくに、千尋くんと一緒の季節なんて、毎日が楽しくてドキドキで。

ほんの一瞬の間に流れていったような気がする。

そんなあたしも、隣でだるそうに歩くヒメちゃんも。

もう高校二年生になるのだ。

「なんか想像つかないけどさ、あたしたちってちゃんと大人に近づいてるのかね」

入学式が始まるということで、体育館に移動中。

ふと、ひとり言のようにヒメちゃんがつぶやいた。

「まだ進学か就職かも決めてないけどさ。場合によっちゃ、あと二年後にはあたしもあるみも普通に働いて、もしかしたら誰かと結婚して、家族ができて……そう遠い話じゃないんだよね」

「……そうだね」

そして、それは同時に。

こうして制服を着て、ヒメちゃんやほかの友達と毎日のように顔を合わせたり騒いだりする学生生活が、残りたったの二年しかないということも、表しているということで。

「本当に……あっという間なんだね」

廊下の窓から外を見あげたら、そこにあるのは重い雨雲だけだった。

在校生が並べられたイスに座る中、新入生が続々と入場してくる。

あ、中学の時の後輩だ！とか、あの子カッコいい！だとか、周りの生徒が騒ぐ中で。

相変わらずボーッとしているあたし。

名簿順で振り分けられた座席のせいで、名簿が最初のほうのあたしはうしろのほうのヒメちゃんと離れてしまい、話し相手もいない。

知らぬ間に開会の言葉が告げられ、新入生の名前がひとりずつ告げられていく。

とくにあたしの知っている後輩がいるわけでもなく、淡々と呼ばれていく名前を無意識に聞いては受け流す。

「……えー、続いて一年二組。安倍《あべ》」

「はい！」

「入野《いりの》」

「は、はい！」

「飯村《いいむら》」

「はい！」

今年の一年生は元気な子が多いなぁ。なんて、完全に気を抜いていた時。

「――宇治橋」

――っえ……？

「……はい」

「鍜原《かじはら》」

「はい！」

ドクン、と心臓がはねあがって、一瞬だけ時間が止まる。

だけど、あたしのことなんてお構いなしに、すぐにまた次の名前が呼ばれていった。

ボーッとしていた。

だけど、たしかに聞こえた。

――今、宇治橋……って。

わかってる。

今呼ばれたのはひとつ下の学年の子だし、『宇治橋』なんて、少し変わった名字だけれど、ほかにもいる。

千尋くんじゃない。

千尋くんなわけないんだもん。

偶然、千尋くんと同じ名字の子がいただけ。

だけど、反応してしまう。

悔しい……悔しい。

あたし、千尋くんのことなにひとつあきらめきれてないんだもん。

複雑に動く胸を押さえながら、その宇治橋という一年生のうしろ姿を見てみた。

彼は前の列のほうでよく見えなかったけど、やっぱりそこにあるのは千尋くんのうしろ姿ではなかった。

そうわかっていながらも、どこか落胆してる自分がいた。

バカみたい。

あたし、バカみたいだ。

そうため息をついて、また視線を泳がせた。

こんな気持ちのまま、あたしはこれからの毎日を過ごしていけるのだろうか。

しっかりと、前へ進んでいけるのだろうか。

そんなことを考えている間に、刻々と時間は過ぎていった。

「本当に帰っちゃっていいの？」

「うん、今日はもう少し残っていたい気分なんだ」

「そう……じゃあ、明日ね」

「うん、バイバイ」

入学式と始業式を終え、たくさんの生徒たちが下校する中、あたしはひとり学校に残ってヒメちゃんに別れを告げた。

なんとなく、なんとなくだけど今日はここにいたい気分で。

生徒玄関からヒメちゃんの姿が消えたのを確認したあたしは、重たい足どりをまた校内へと向ける。


とくに目的もなく、行くあてもなく、静かに雨音だけが響く校内を歩く。

こんなことしても、虚《むな》しいだけなのは自分がよくわかってるのに。

あたしはただただその歩を進めてしまう。

とりあえず自分の教室に戻って窓から景色でも眺めようかと、三階まで階段を上っていく。

不規則なリズムを刻みながらトントンと階段を上った、その不意の瞬間。

「……あるみっ」

うしろから誰かがそうあたしの名前を呼んだのだ。

振り返ったあたしは、そこにいた人物を見て思わずマヌケな声を漏らした。

「っえ……」

一瞬、目を疑った。

だけど幻《まぼろし》でもなく、夢でもなく。

たしかに彼はそこからあたしを見おろしていたのだ。

伸びた艶のある黒髪。

少しだらしなく着こなされた、うちの高校の制服。

いたずらっ子のように細められている、あたしを見る瞳。

なんで……なんで……。

「瑞穂……くん……？」

まだ呆然としてる中で、無意識にそう彼の名を呼ぶと。

ニカリと白い歯を見せた彼は、楽しそうに「おー！」と返事をした。

「え……？　えっと、あの……、瑞穂くん？　え、本物？」

まったく状況のつかめないあたしは、自分をなんとか落ち着かせようと心の中を整理する。

少し髪も伸びたし、身長も高くなった。

顔立ちもなんだか前より千尋くんに似てきているし、雰囲気も大人っぽくなっている。

だけど、目の前にいるのは数ヶ月前に海外へと行ってしまった、たしかに本物の瑞穂くんなのだ。

もう一度確認しようとその顔を見あげると、きょとんとしているあたしにクスクスと笑いを浮かべた。

「あるみ、不思議そうな顔してるね」

「そっ、そりゃそうでしょう……！　いまだに意味わかってないもん‼」

「ぷふっ、おもしれぇ」

困惑するあたしをよそに、笑ってばかりの瑞穂くん。

どうやら事情のわかる彼だけがこの状況をおもしろがっているらしい。

「海外は？」

「行ったよ」

「日本は？」

「ここ日本だけど？」

「え、瑞穂くん外国人になったんじゃないの……？」

「お前、頭大丈夫か」

パニックで意味のわからない発言をするあたしに、さらりと毒を吐く瑞穂くん。

だって……本当にわからない。

「ちゃんとあたしにもわかるように、説明……して、ください」

「帰って、きたんだよ」

きょとん顔のあたしに、瑞穂くんは優しく笑いながらそう言った。

「帰って、きた……？」

「そ。あるみのために‼」

「み、瑞穂くん……ふざけてないで……っ」

「親、説得したんだ。兄ちゃんと同じ高校受かるのを条件に、今年からまた日本に戻って暮らすって」

そう話しながら、ゆっくりと一歩一歩階段を降りてくる瑞穂くん。

あたしの立っている場所よりひとつ下の段に降りた瑞穂くんの背は、明らかにあたしより高かった。

男の子ってすごい。

少し会わなかった、たった数ヶ月の間に、こんなにも成長してしまうんだから。

「……また、あのマンションに帰ってきたってこと？」

「まぁ、そんな感じ？　さすがに高校生にもなれば、親とか兄貴の世話なしでもやってけるしな。こっち戻ってくるために、俺頑張って勉強したんだ」

海外にいる両親に、高校生になる節目に、千尋くんと同じ高校に入学するのを条件として、また日本に戻って暮らすことを許してもらった。

瑞穂くんの話を聞くと、つまりはそういうことらしい。

「わかった？」

「う、うん……」

なんとか瑞穂くんに事情を説明してもらったところで、「じゃあ入学式の時に呼ばれてた『宇治橋』は瑞穂くん？」と聞くと、「当たり‼」と笑いながら答えた。

次々と驚く表情を見せるあたしに、瑞穂くんはおもしろそうに笑っている。

「元気、してた？　あるみ」

「……うん」

「そっか」

その質問に、すぐにうんと答えられなかったのは。

やっぱり心のどこかでまだ彼の存在があったから。

彼のいない季節を過ごしてきたあたしは、お世辞にも元気とは言えない生活だったから。

「み、瑞穂くん……」

「ん？」

本当は瑞穂くんと会った瞬間、すぐにでも聞きたかった。

なぜ、彼がここにいるのかより……一番気になってた。

だけど、臆病《おくびょう》なあたしはすぐには聞けなくて……。

「……千尋くん……は？」

かすれてしまうような小さな声で、首をかしげる瑞穂くんにそう問いかけた。

もとは、瑞穂くんをひとりにしてしまうのが気になって、海外へと行った千尋くん。

もし、瑞穂くんが本当にこっちへ戻ってくることになったのなら……。

千尋くんも……。

「あぁ、兄ちゃんは……向こうに……残ったよ」

あたしに気を使って、伏し目がちにそう言った瑞穂くん。

……聞かなければ、よかった。

瑞穂くんの話を聞いたあたしには、そんな後悔だけが形となって心に重みを残した。

「あるみにこんなこと言うのもつらいけどさ、いちおう本当のこと言っとく」

「………」

「……兄ちゃん、向こうで彼女できたんだ」

千尋くんに、新しい彼女……？

ずしりと胸の重みが増す。

「ほら、あの顔だし。頭もいいから英語話せるし、すぐにいろんな友達とかできたみたいでさ。……クリスマス頃かな。すっげーかわいい金髪のボンキュッボンな女の子連れてきてさ、俺の彼女だからって……」

そっか……。

そうだよね。

千尋くんモテるし、カッコいいし、だいたいこんなあたしと付き合ってくれてたことが奇跡みたいなことだったし。

そりゃあ、かわいい女の子なんて、いくらでもいるもんね……。

すぐに新しい彼女ができるなんて、当たり前のことじゃんか……。

「だから、俺が日本に戻るっつったら、彼女のこと残していけないから兄ちゃんは残るって」

「瑞穂くん……」

「俺、言ったんだ。あるみのことはいいのかよって」

「瑞穂、くん……」

「だけど、説得できなくて」

「瑞穂くん……っ」

「……あるみ」

話の途中で大声をあげたあたしに、瑞穂くんは驚いたように言葉を失った。

「もう、いいの……聞いてみただけだし。大丈夫、だから……」

「……」

大丈夫、なんて言いながらもきっと声は震えていた。

だけどもう、聞きたくない……。

ううん、聞けない……。

だいたい、あたしと千尋くんはもうとっくの昔に別れたわけで。

それもかなりひどいことをあたしは彼にしたんだもん。

きらわれて、当然だし。

あたしがあーだこーだ言う権利なんてない。

だけど、こんなにも……。

こんなにも、苦しい想いをするなんて思わなかった。

あたしとはもうまったく関係のない彼に……。

こんなにも醜いほどのヤキモチを妬いている。

いつまでたっても、あたしの中から千尋くんの存在は消えてくれない。

大好きで大好きで仕方ない千尋くんが、あたし以外の子に好きだよと言ってるのを想像するだけで、息ができないくらい胸が苦しい。

もう……十分だ。

これ以上、瑞穂くんの話を聞くなんて、あたしには苦しすぎる。

「あるみ……」

「……なんか、元気そうみたいで……よかった」

「……」

「……それだけ聞けたら十分だから。あたし、そろそろ行くね……っ」

「あのさ、あるみ……」

「じゃあ、またね……！」

瑞穂くんの口から、次はいったいどんなことが出てくるのか。

すでに恐怖したあたしは、もう彼の言葉を聞かないために逃げだすようにしてその場から立ちさった。

千尋くん

走った。

ただ走った。

瑞穂くんの言葉をしっかりと受け止めるのがイヤで、千尋くんの面影がある瑞穂くんを見ていることさえつらくて。

千尋くんが、あたし以外の子を好きになってしまったのが思っていた以上に苦しすぎて。

もう、考えたくない……。

そう思いながらあたしは自分の教室に着くと、机の上に置いてあったカバンを乱暴に持ちあげて、また生徒玄関までの距離を走る。

まだ昼前なのに、雨雲のせいでどんよりと暗い廊下。

まるで今のあたしのように、重たく薄黒い雲がザーザーと雨を落としている。

こんな日くらい、お日さまを見せてくれたっていいじゃん。

雨を見てると、思い出すのは。

傘を忘れたあたしを玄関で待っていてくれた、初めての記念日。

なにも言わずに、いつも以上にあたしを甘やかしてくれた千尋くん。

自分でめんどくさいから記念日を覚えるのはイヤだって言ってたくせに、あたしのためにたくさんの幸せをくれた。

トリプルは落とすからって却下されちゃったけど、ダブルのアイスクリームを買ってくれたり。

一緒にプリクラを撮ってくれたり。

……おそろいのネックレスを、くれたり。

あたしにとってなにより幸せだった日。

思い出であるネックレスも無理やり千尋くんに返した今。

そんなこと思い出しても、意味なんてないのに。

なぜか雨を見ると、その光景が頭の中を流れていく。

戻らない幸せを想ったって……返ってなんてこないのに。

「……っはぁ」

気づけばろくに息つぎもせずに生徒玄関まで走っていた。

運動は誰より苦手なのに、無意識に全力でここまで来ていたあたしは、下駄箱のすみに手をついてへたりこむ。

脚が痛い。

息が苦しい。

喉が痛い。

鼓動が速い。

だけど、胸が一番イタイ。

放課後の生徒玄関。

雨音だけが響く一階。

そこに誰もいないのは幸いだった。

どんな音も外の雨がかき消してくれる。

「うぅっ……うぇ……っ」

どんなに泣いても、どんなにブサイクな顔でも。

見てる人は誰もいない。

だったら、もう溢れださせてしまおう。

だって、あたしのそばにはもう……安心して寄りかからせてくれるあの温かい胸はない。

ぎゅっと安心させてくれる腕も、落ち着く爽やかな匂いも、追いかける背中も……。

もう、そばにはない。

だから……ひとりでこの気持ちをどうにかしなきゃ。

きっと、またあたしは壊れてしまう。

泣いてなにかが解決する？

ひとりで抱えこんで、なにかが変わる？

……そんなの知るか。

あたしだって、好きでこんなことしてるんじゃないもん。

わからない……。

こんな時、どうすればいいのかわからない。

だって、あたしにそれを教えてくれたのは……。

ぼふっ……。

「っ……!?」

その時、急になにかがあたしの頭に被さって、涙でにじんでいた視界がまっ暗になった。

「な、なに……？」

慌ててその被さったなにかをつかんで、視界をクリアにする。

いきなりのことに驚きながらも、つかんだそれを確認すると。

……ブレザー？

たしかにそれはうちの高校のである、紺色のブレザー。

しかも、あたしが着ているのより少し大きい、男子用。

なにがどーなってこんなものが、頭の上から降ってきたのか。

グリンと顔を上げて確認する。

そして、うしろにそり返るくらい首をひねったあたしの視界に映るもの。

「…………」

「…………」

「……ゆ、め？」

「……現実だろうね、たぶん」

久しぶりに聞いたその声に、じわりと止まったはずの涙が溢れだしてきた。

「……ち、ひろ……くん？」

「……うん」

「……千尋くん」

「うん」

「千尋くん……っだ」

また涙でかすれていく視界。

だって、こればかりは止められない。

目の前にいたのは。

正真正銘、数ヶ月ぶりに会う千尋くんの姿。

きっと、幻《まぼろし》じゃない。

「泣くならそれ被って泣きなよ。あるみの泣いた顔、ひどいから」

「……っひ、ひどい」

だけど、変わってない。

クスリと笑いながら毒を吐く、あの日の千尋くんと。

夢じゃなければ、幻でもない。

本物の千尋くん。

大好きな千尋くん。

ずっとずっと……逢いたかった。

だけど。

「なん、でここにいるの？　ボンキュッボンの……金髪の新しい彼女は？」

「はぁ？」

「キャサリンさんは……？」

「誰だよ、キャサリンって」

新しい彼女ができたから、千尋くんはひとりあちらに残ると瑞穂くんから聞いていた。

だけど、不思議そうに聞くあたしに、千尋くんは意味がわからないといった感じで首をかしげている。

……ってことは？

「瑞穂にはもう会ったの？」

「……う、うん。さっき話、聞いて」

「なに吹きこまれたのか知らないけど、たぶんウソだよ。それ」

「……っえ‼」

衝撃の事実。

瑞穂くんの言葉にあれだけ悩んだというのに、それがでっちあげたウソだったということが発覚した。

……騙された自分が悔しい。

だけど……。

「……よかった。……っよかったよ、ウソで」

それ以上に、安心している自分がいる。

ポロポロと涙をこぼすあたしに、ちょっと困惑気味の千尋くん。

「なに言われたの？　そんな泣くほどのこと？」

「……千尋くんに、新しい彼女ができたって」

「それがキャサリン？」

「だっ、だから……イヤで。千尋くんがあたし以外の子に好きって言ってたら……イヤだなって……っ」

千尋くんの質問に答えながらも、涙は止まらなくて。

子どもみたいにひっくひっくと嗚咽を漏らしながら、袖で涙をぬぐう。

いつの間にかあたしの目の前にいた千尋くんが、しゃがんでへたりこんでいるあたしに目線を合わせてくれる。

「……それで泣いてんの？」

「っ……う、うざくてごめんなさい……」

「意味、わかんないんだけど」

久しぶりに会った千尋くんから発せられる、冷たい言葉。

その顔は相変わらず無表情で、ちょっとだけこわくなる。

そうだよね……。

たしかに、新しい彼女ができたっていうのは瑞穂くんのウソかもしれないけど。

ここにいる千尋くんは、もうあたしのことを……。

「俺のこと、きらいなんでしょ？」

「……っえ？」

眉尻を下げながら少しさみしそうにそう言った千尋くんに、思わずマヌケな声を漏らした。

……そんなわけない。

大好き、大好きだよ。

きらいになんて、なろうとしてもなれなかった。

千尋くんのいない間、千尋くんのこと好きじゃないなんて。

一回も思わなかったよ。

「ほかにも、初めてできた彼氏だから浮かれてたとか、正直冷めたとか」

なにかを思い出すように目をそらしながらそう言った千尋くん。

その言葉に、ハッとして慌てて否定しようとする。

……だけど、あんなにひどいことを言ってしまった手前。

今度は彼に、なんと言えばいいのかが全然わからない。

言葉につまるあたしに、千尋くんはズボンのポケットに手を入れてなにかをごそごそと取りだしている。

そして、あったとつぶやいて取りだしたのは……。

あの時、あたしが無理やり千尋くんに返したネックレスだった。

「これも、いらないんだよね？」

シャラリと繊細な音をたてて揺れるそれ。

千尋くんと色違いであるピンク色の石は、あの頃と変わらずに今もキレイに光っている。

いらなくなんてない。

できることなら、ずっとずっと離さずに持っていたかった。

だけど、今のあたしにそれを返してもらう権利なんて……。

ごめんなさい。

またそうつぶやこうとした時、静かに小さく息を吐いた千尋くんが口角を上げた。

「……ごめん。ウソだよ、ちょっと意地悪してみた」

「……え？」

微笑みながらそう言った千尋くんに、あたしは意味がわからずポカンと口を開ける。

そんなあたしの首にいきなり腕を回した千尋くん。

少し首もとがひんやりして、しばらくしてからその手が離れると。

そこにはネックレスがあたしの首をキレイに飾っていた。

「知ってたよ。あの時、あるみがムリして別れてくれたの」

「……え‼」

ドキ…
ドキ…
ドキ…
ドキ…
キュッ
ドキ…

「あるみにしては、ずいぶん頑張ったほうだけどね」

「わ、わかってた……の？」

「わかるよ、それくらい」

驚くあたしの頭に、そっと千尋くんの大きな手がふれる。

よしよしとやわらかく髪をなでて、満足そうに微笑んだ。

「でも、正直ネックレスを床に捨てられた時は、ウソだってわかってたけどつらかった」

「う……ご、ごめ」

「ごめんは、なし」

慌てて謝ろうとしたあたしの口を、そっと千尋くんの手がふさいだ。

「言っとくけど、俺だってあるみと別れてつらかったよ」

「……」

「でも、正直助かったのも本音かな」

あたしの口から手を離した千尋くん。

しゃがんでた腰を下ろすと、その場に膝をたてて座る。

「あの時は本当に悩んでたからさ。あるみと離れんのはつらかった。つらかったけど、あるみがそうやってムリしてでも、俺の背中を押そうとしてくれたから。決められたんだと思う」

「……千尋くん」

「だから、ごめんはいらない」

「………」

「ありがとな。俺、あるみの彼氏で本当に幸せだなって思った」

「っうぅ……ち、ちひろくん……っ」

これ以上ない、うれしい言葉に次から次へとポロポロこぼれおちる涙。

ぐしゃぐしゃなあたしの泣き顔に笑いながらも、千尋くんの指がその涙を拭きとってくれる。

「だから、たとえ離れてたってほかの女の子見てるヒマなんてないよ」

「……っ、じゃ、じゃあ千尋くんは……あたしのこときらい、じゃない……？」

「うん」

「あたし、ずっと千尋くんのこと……好きでいていいの……？」

「好きでいてもらわなきゃ困る」

そう言った千尋くんはふわりと手を伸ばすと、そのままぎゅっとあたしの身体を包んだ。

それがうれしくて、うれしくて。

あたしも答えるように千尋くんの背中に手を回す。

愛おしくて、離したくなくて。

いっぱい力をこめて千尋くんのワイシャツを握った。

「あとで瑞穂にもお礼言ってやって」

しばらくして、落ち着いてから千尋くんが耳もとで、そうささやいた。

「アイツが今年からこの高校受かったら日本戻らせてくれって、親父に頭下げて頼んだんだ」

「……瑞穂くん、が？」

「べつに、俺とあるみのためじゃねぇって意地張ってたけど。……まぁ、あぁ見えて結構いいやつだからな」

そう言ってクスリと笑った千尋くんは、やっぱりなんだかんだで。

弟思いのお兄ちゃんなんだな、とあらためて思った。

「ねぇ、千尋くん」

「ん」

「じゃあ、今度は千尋くんも瑞穂くんもずっとこっちにいるの……？」

「うん」

「……もう、遠いとこには行かない？」

「行かないよ」

ギュッ、とあたしを抱きしめる力が少し強くなる。もう離さないとでも言うように。

なぜか、その言葉を聞いただけでまた目頭が熱くなった。

「千尋くん……っ」

本当に泣き虫なあたし。

「また泣いてんの？　ワイシャツに鼻水はつけるなよ」

「……」

と、表情は見えないが相変わらず毒を吐く千尋くん。

初めての彼氏ができて、つらいことも苦しいことも、うれしいことも、ドキドキすることも。

たった一年の間にいっぱいいーっぱい教えてもらった。

全部、千尋くんから。

恋するって、こんなに素敵なことなんだ。

なんて千尋くんに言ったら。

きっとまた『乙女チックすぎてキモい』なんて毒を吐かれると思うけど、本当にそうなんだと思う。

「……なんでにやけてるの」

「……」

そんなことを思っていると、いつの間にかあたしの肩をつかんで離していた千尋くんが、ドン引きしながらこちらを見ている。

……まぁ、これもきっとひとつの経験だ。たぶん。

どんなに毒を吐かれたって、ドン引きされたって。

あたしはずっと、ずっと……。

「……あるみ」

「……なに？」

「もっかい呼んで。俺の名前」

「え、呼び捨てで……⁉」

そう言うと、ううんと首を横に振った千尋くん。

「俺、あるみの呼ぶ〝千尋くん〟って声聞く時が……一番幸せ」

目を細めながらそう言って口角を上げた千尋くんに、あたしは思わず笑顔になりながらも伝える。

「千尋くん、千尋くん……っ大好き！」

そう言ってうれしそうに笑う千尋くんに抱きつくと、彼越しに見えた窓の外はすっかり雨がやんでいて。

たった一色の絵の具で塗ったようなキレイで青い空には、一直線に続く白い飛行機雲。

その下でキラキラ光るピンクと青の石。

「あるみ」

あたしの名前を呼ぶ大好きな人の声。

あたしにとって、キミの名前は。

好きだよの合図。

「……千尋くん、鼻水つけちゃった」

「……バカあるみ」

＊end＊

あとがき

はじめまして、夏智。と申します。

この度は『千尋くん、千尋くん』をお手に取っていただき、本当にありがとうございます。


このお話は私自身が、読んでいるだけでほのぼのできたり……でも時々キュンとしたりできるようなゆるーいお話が読みたい！という思いから、自分の理想の女の子と男の子を登場させたもので、とても気に入っています。

なのでまさかこうして書籍化のお話をいただけるとは夢にも思わず……。いろんな方からの温かいお声から生まれた本なので、今この本を手に取っているあなたのお気に入りの一冊になることができたらとても嬉しいです。

いつもはクールだけど時々甘い千尋くんに、あるみと共に読者の皆様にも落ちていただきたいところですが、私がこのお話でいちばん好きなのは所々に挟まれている、ちょっとだけクスッとなるような、キャラクター達の掛け合いだったりします。

全体的に、千尋くん以外は騒がしくて愉快な奴らが多いなぁと自分の作品ながらに読み返して思いました。書いていた時もとても楽しかったのが印象的です。

物語を進めるにつれて、ただ毎日が楽しいだけの起承転結のないお話では楽しんでもらえない！と思い、ちょっとシリアスなお話も混ぜています。しかし悲しいお話を考えたりするのはとても苦手なので、そこらへんのシーンについては何度か頭を抱え、試行錯誤しましたが、無事に最後まで千尋くんとあるみの青春を書ききれたこと、本当に幸せなことだなぁとしみじみ思います。

書いた本人が言うのも何なんですけど、千尋くんとあるみのことが大好きです。きっと自分が送りたかったのであろうこんなキュンキュンな青春を、この二人のおかげでこういう風に形として残せること、たくさんの方に見ていただけたこと、本当に感謝でいっぱいです。


この作品に関わってくださった全ての皆様、もちろん読者の皆様、全ての方に心からの感謝を申し上げます。ありがとうございます！

またどこかでお会いできるのを楽しみにしています！

2017.5.25　夏智。

この物語はフィクションです。実在の人物、団体等とは一切関係がありません。

夏智。先生への
ファンレター宛先

〒104-0031　東京都中央区京橋1-3-1　八重洲口大栄ビル7F
スターツ出版（株）　書籍編集部気付　夏智。先生

千尋くん、千尋くん

2017年5月25日　初版第1刷発行

著　者　夏智。　

発行人　松島滋

イラスト　山科ティナ

デザイン　齋藤知恵子

DTP　朝日メディアインターナショナル株式会社

編集　長井泉
加門紀子

発行所　スターツ出版株式会社
〒104-0031
東京都中央区京橋1-3-1 八重洲口大栄ビル7F
TEL 販売部03-6202-0386（ご注文等に関するお問い合わせ）
http://starts-pub.jp/

印刷所　共同印刷株式会社
Printed in Japan

ISBN　978-4-8137-0260-3　C0193

恋するキミのそばに。

野いちご文庫創刊！

可愛いカラーマンガつき！

365日、君をずっと想うから。

SELEN・著

本体：590円＋税

彼が未来から来た切ない理由って…？
蓮の秘密と一途な想いに、泣きキュンが止まらない！

イラスト：雨宮うり

ISBN：978-4-8137-0229-0

高２の花は見知らぬチャラいイケメン・蓮に弱みを握られ、言いなりになることを約束されられてしまう。さらに、「俺、未来から来たんだよ」と信じられないことを告げられて!?　意地悪だけど優しい蓮に惹かれていく花。しかし、蓮の命令には悲しい秘密があったー。蓮がタイムリープした理由とは？　ラストは号泣のうるきゅんラブ!!

感動の声が、たくさん届いています！

こんなに泣いた小説は
初めてでした…
たくさんの小説を
読んできましたが
1番心から感動しました
／三日月恵さん

こちらの作品一日で
読破してしまいました（笑）
ラストは号泣しながら読んでました。°(´つω・`。)°
切ない……
／田山麻雪深さん

１回読んだら
止まらなくなって
こんな時間に!!
もう涙と鼻水が止まらなく
息ができない(涙)
／サーチャンさん